迷路の花嫁

横溝正史

角川文庫
22873

路地のおくの、ひとつ向こうの道のあたりで、けたたましく犬がほえはじめた。

浩三はなにかしら胸のおどるのをおぼえたが、しかし、その路地のおくまで入っていく勇気もなく、ちょっと足をやすめただけで、またこつこつと歩きはじめた。

だが、そのとたん、何やらやわらかいものを踏みつけて、浩三はおやと立ちどまった。

ふだんならば、べつに気にもとめずに行きすぎたところだろうが、いまの女のそぶりが、妙に浩三の好奇心をかきたてている。

なにげなくそれを拾いあげてみて、浩三は思わずぎょっと息をのんだ。

2

暗がりのなかでよくわからなかったが、それは女の夏手袋らしかった。手ざわりからして、レースで編んだものらしい。

だが……。

松原浩三をぎょっとさせたのは、そのレースの手ざわりではない。拾いあげたとたん、何やらにちゃっとした感触が、怪しく指さきをふるわせたのである。

浩三はその手袋を鼻さきへ持っていって、また、ぎょっと息をのんだ。かぐわしい香料のにおいにまじって、ぷうんと鼻をつくのは、まぎれもない血のにおいだ。

浩三はあわててあたりを見まわしたが、さいわい、暗い夜道のどこにも人影はなく、遠くのほうから聞こえてくる電車のきしる音が、かえってこの町の静けさをきわ立たせている。

浩三は二、三軒あともどりをして、軒灯の下までいった。

もうまちがいはない。さらしたようにまっしろなレースの手袋の指さきに、べっとりとついているのはなまなましい血だ。まだ乾ききっていないところをみると、血にさわってから、それほど時間はたっていないと思われる。

浩三は、にわかにがんがん、心臓のおどり出すのを意識した。

松原浩三はちかごろちょっと売り出した小説家である。かならずしも探偵小説を書くわけではないが、小説家だけに、ほかの職業の人間よりは、空想力が発達している。

浩三はもう一度道のあとさきを見まわしたのち、ポケットからひと折りの鼻紙を取り出して、レースの手袋をくるんだ。鼻紙にじっとりと血がにじむ。

それをさらにハンカチでくるんで、レインコートのポケットにねじこむと、思わず大きく息をし、それから、かなり用心ぶかい足どりで歩き出した。

かれはさっき、軒灯の下でちらりと見た女の姿を、もう一度、頭のなかにえがき出してみようとしている。

しかし、ぴかぴか光るレインコートのようなものを着ていたらしいということ以外に、なにひとつ印象にのこっていないのが残念である。

この手袋はあの女が落としていったのだろうか。どうもそうとしか思えない。道はかなりしめっているのに、この手袋はほとんどよごれていない。手袋があそこに落とされてから、いくらも時間はたっていないのだ。

そこは道の片側が学校の裏塀《うらべい》になっており、片側だけに中流の住宅がならんでいる。浩三は一軒一軒調べるようにそれらの家を見ていったが、突然、全身の毛という毛が逆《さか》立《だ》つような恐ろしさをかんじて、学校の裏塀の下に立ちすくんだ。

二、三軒向こうの門のまえの暗がりに、黒い影がはうように、むくむくとうごめいている。

3

犬か……。

いいや、犬ではない。人間なのだ。路上にうずくまったまま、向こうもじっとこちらをうかがっているらしい。

「だれだ！　そこにいるのは……？」

と、浩三は声をかけようとしたが、舌が上あごにくっつく感じで、言葉はくちびるの外へ出なかった。

ふたりはこうして、しばらく暗がりのなかでにらみあっていたが、やがて、ガーッと車のきしるような音を立て、

「だんな、ちょっと……」

と、向こうのほうから声をかけた。あたりをはばかるようなしゃがれ声である。

浩三が返事をせずに、なおも様子をうかがっていると、相手は思い出したようにマッチをすった。

暗がりをひきさいて、めらめらともえあがるマッチの光にうきあがったのは、ひげだらけの顔である。くちゃくちゃにくずれたお釜帽《かまぼう》の下に、ふたつのひとみが鬼火のように光っている。

浩三はまたぎょっと息をのんだ。かれが驚いたのは、人相の悪い相手の顔のせいばかりではない。男の顔のあるその高さなのだ。相手は土の上に座っているらしい。

どうしてそんなところに座っているのか……。

浩三はまた、全身の毛穴という毛穴が逆立つのを感じたが、しかし、それを見きわめるひまもないうちに、相手はあわててマッチをふり落とした。指を焼きそうになったためらしい。

相手は、いそいで二本目のマッチをすりながら、

「だんな、ちょ、ちょっとこっちへ来てください」

二本目のマッチの光で、浩三ははじめて相手がなぜこんなところに座っているのか気がついた。

その男はいざりなのだ。小さな車のついた四角な木製の箱のなかに座っていて、太い

ステッキをひかえている。箱の前面には鉄の輪がついていて、丈夫そうな綱を結わえつけてある。だれかがその綱をひいて歩くのだろうが、引き手の姿は見えなかった。

そうわかると、浩三は、気味の悪いことは悪かったが、いままでほど怖《こわ》くなくなった。つかつかとそばへよると、自分もマッチをすって、上から相手を見おろしながら、

「君はこんなところで何をしているんだ」

とがめるように尋ねたが、相手はしかしそれには答えず、

「だんな、この家がおかしいんです」

と、あごをしゃくって、すぐそばにある門のほうを示した。

「おかしいって……？」

「変な声が聞こえたんです。人殺し……助けてえ……と」

4

「人殺し……助けてえ……って、おい、君、そりゃほんとうか」

「へえ、ほ、ほんとなんです」

「どこかのラジオじゃないのか」

「わたしもはじめはそうじゃないかと思ったんです。ちょうどそんとき、こっちの家で……」

と、向こう隣を指さしながら、

「ラジオをかけていたもんだから……でも、やっぱりそうじゃなくて、そんときまた、この家のおくから聞こえてきたんです」

「人殺しって声がかい」

「へえ、そうなんです。女の声のようでした。それから、わたしがびっくりしていると、なかから女がひとりとび出してきたんです。ひょっとすると、だんな、途中でお会いになりませんでしたか。あっちのほうへ逃げていったんですが……」

浩三はまたぎょっと息をのんだ。ポケットの中で手袋がもえるような感じである。

「どんな女……?」

「へえ、洋装で、レインコートを着ていたようでした。なにしろ、この暗がりのことですから、顔も姿もてんでわかりませんでしたが、香水のにおいがしたのと、くつの音で、女にゃちがいないと思うんです。わたしゃこのとおりのいざりですから、あとを追うことも出来なかったんですが……」

「その女、君がここにいるのに気がついたの」

「さあ……気がつかなかったんじゃないでしょうかね。そのくぐりからとび出すと、いきなり向こうへ走っていったんですから……」

問題の家というのは、細かく目のつんだツゲの生けがきをめぐらせた、かなり広そうな平家建《ひらや》てで、広い庭いちめんに植えこんだ植木のあいだから、ちらちらと灯の色がもれている。ひさしつきのしゃれた門には、二枚の戸がぴったりしまっているが、横のくぐりがあけっぱなしになっている。

「このくぐりからとび出したというんだね」

浩三がおそるおそるくぐりのなかをのぞいてみると、五、六間むこうの玄関に、門灯がひとつ、わびしげについている。ひとのけはいはさらになかった。

「しかし、君はどうしてこんなところにいるんだ」

と、浩三はまた、同じようなことを尋ねる。それに対して、いざりが何かいおうとしたところへ、足音が近づいてきたので、ぎょっとしてふりかえると、どうやらそれはパトロールらしかった。

パトロールは、怪しむように、ふたりの姿に懐中電灯の光を浴びせながら、

「何かありましたか」と、近づいてくる。

5

「ああ、警官、ちょうどいいところでした。この男が……」

と、浩三はいざりを指さしながら、

「この家んなかから変な声が聞こえたというんです」

「変な声って……？」

「人殺し……助けて……と、そんな声が聞こえたというんです。君、そうだったね」

「な、な、なんだって！」

警官の顔がさっと青くなる。

「おまえ、それ、ほんとうか」

「そ、そ、そうなんです。それから、そのくぐりから女がとび出して、あっちのほうへ逃げてったんです」

「その女にはぼくも途中であいましたよ。ぼくの姿を見ると、向こうの路地へとびこんだんです。ぼくも変に思ったが、それほど深く気にもとめず、ここまでくると、この男が……」

浩三のポケットのなかで、また手袋が焼けつくようだ。しかし、なぜか、浩三はその手袋のことを話さなかった。

警官はいざりのほうをふりかえって、

「おまえはこのへんでちょくちょく見かけるようだが、いまごろ、どうしてこんなところにいるんだ」

「へえ、わたしはこれから少しさきに住んでるんですが、ここまでかえってきて、タバコの切れてるのを思い出したんです。それに、寝るまえに一杯やりたかったもんですから、子供にタバコと焼酎《しょうちゅう》を買いにやったんです。これからさきへいくと、店がしまってるかも知れませんので……そのあいだ、この道ばたで待ってたんですが……あいつ、い

がとび出してきたくらいだから」

浩三は庭木のあいだをくぐって、建物の角をまがった。クモの巣が顔にひっかかって気持ちが悪い。

建物は意外に広くて、カギの手になった角をまがると、渡り廊下みたいなものがついており、そのさきに新しく建てましたらしい離れのような建物がついている。はたして、その離れの雨戸が一枚ひらいていた。

ふたりは急いでそのそばへ駆けよったが、あいにくそこは縁側の一番はしに当たっているので、そこからでは座敷のなかは見えなかった。しかし、奥の座敷に、電気があかあかとついているらしく、その辺の縁側まで、ほんのりと明かりにそまっている。

「宇賀神さん、宇賀神さん、だれもいないのですか」

念のために警官はもういちど声をかけたが、そのとたん、奥座敷のほうにあたって、がたりと何か倒れる音。極度に緊張していただけに、浩三も警官も思わずぎょくんととびあがった。

「だ、だれかそこにいるのか！」

しかし、返事はなくて、何かのそのそ、物のうごめく気配がする。ふいに浩三が警官のそでをひっぱった。

「警官、あれ……」

浩三の指さしたのは縁側のおもてである。点々として、そこに、ボタンの花を散らしたような足跡がついている。警官は懐中電灯の光をむけて、それが血に染まったネコの足跡であることをたしかめた。

「よし、こうなったらもう仕方がない。思いきってなかへ入ってみましょう。松原さん、あなたもいっしょに来てください」

警官の声はふるえている。浩三は無言のままうなずくと、ふるえる指でくつをぬいだ。

その離れというのは八畳と十畳のふた間つづきになっていたが、その十畳のまえに立ったときである。警官も浩三も、足の裏を縁側にのり付けされたように立ちすくんでしまった。

8

この十畳は、霊媒宇賀神薬子が、精神統一をするために、神においのりをささげる場所になっているらしい。

畳をしいた座敷のおくに六畳ほどの板の間があり、板の間には紋を白くそめぬいた紫の幕が張ってある。板の間のなかには祭壇が設けてあって、そのうえに、

「なんとかの命《みこと》」と、雄渾《ゆうこん》な達筆で書いた軸がかかっている。あまり達筆なので、警官にも浩三にも、命という字以外は読めなかった。

祭壇のうえには、そのほかに、鏡と玉と三宝がおいてあり、サカキをさした陶器の花

筒が倒れている。さっき浩三や警官が聞いたのは、この花筒の倒れる音だったかも知れぬ。

　しかし、そういうことに気がついたのは、よほどのちのことだった。いや、祭壇のあることすら、しばらく気がつかなかったろう。

　十畳のまえに立った瞬間、かれらの目にとびこんできたのは、骨のずいまで凍りつきそうな、世にも凄惨《せいさん》な情景だった。

　座敷の中はいちめんに血の海だ。そして、その間を点々として、ボタンの花のようなネコの足跡がつないでいる。

　こういう凄惨なバックのうえに、ボタンの花がくずれるように倒れているのは、一糸まとわぬ、それこそ産まれたときのままの姿の女だった。なかばうつむきに倒れているので、顔はよく見えなかったけれど、因幡《いなば》のウサギの話に出てくるオオクニヌシノミコトのような髪かたちをしているところから、ひとめでそれが、この家のあるじ、宇賀神薬子であることがわかるのだ。

　薬子は両手で畳をひっかくような姿勢で倒れているのだが、それにしても、その死体のなんという凄惨さ！

　豊満な、四十女のむっちりとした白い膚には、無数にむごたらしい切り傷ができていて、幾筋ともわからぬ血の川が、全身を網の目のように赤と白とに染めわけている。

　それはなんともいえぬむごたらしい、だが、むごたらしいがゆえに、何かしら気の遠くなるほど美しい情景のように浩三には思えた。

だが、そのとき、浩三や警官の魂を麻痺《まひ》させたのは、ただ異様なその死体ばかりではない。

薬子の死体のまわりには、一四、二四、三四、四四、五四、大小、いろさまざまのネコが、いずれも血にそまってうごめいているのだ。それらのネコは、浩三や警官の姿を見ると、いっせいに毛を逆立てて、金色の眼を光らせた。なかには口を真っ赤に染めたネコもいる。

「こ、こ、これは……」

若いパトロールはだしぬけに身をひるがえしたかと思うと、酔っぱらったような足どりで、縁側から外へとび出した。

まもなく呼び子の音がたからかにとどろきわたるのを、浩三はぼんやり立ったまま聞いている。

霊媒の家

1

急報によって、所轄の野方署から、捜査主任の山口警部補が、鑑識や捜査係の刑事とともに、ジープに乗って駆けつけてきたのは、最初松原浩三が怪しい女の影を目撃してから半時間あまりもたった夜も十一時過ぎのことだった。

　ジープからどやどや降りる大勢の係官のなかから、捜査主任のすがたを見つけて、若いパトロールの本多巡査が興奮した口調で事情を説明するのを、ふむふむと聞きながら、捜査主任の山口警部補はしおり戸のところまできたが、そこでぎょっとしたように足をとめた。

「なんだ、あの男は……」

　山口警部補がおどろいたのも無理はない。ほの暗い玄関わきに、ひげだらけの男が、いざり車に乗って座っているのは、場合が場合だけに、なんともいえぬほど異様なすがただった。いざり車のそばには、七つ八つの少年が焼酎のびんをぶらさげて、ぽかんとした顔で立っている。筋骨のたくましい、器量のよい子供だが、ひとみの色に力がない。

「あの男が、この門前で、人殺し……という声を聞いたというんです」

　本多巡査が簡単に事情を説明すると、山口警部補はすぐにうしろをふりかえって、刑事のひとりに何やら耳うちしていた。そして、耳打ちされた刑事が、いざり車のほうへ歩みよるのをしり目にかけて、一同はしおり戸のなかへとびこんだが、あの離れの雨戸の外に、松原浩三がほかのパトロールとならんで立っているのをみると、山口警部補はまた立ちどまって、本多巡査をふりかえった。

「このかたは……？」

本多巡査はそれについてまた簡単に説明すると、さっき浩三からわたされた名刺を出してみせた。山口警部補は懐中電灯の光で名刺を読むと、怪しむような一瞥を浩三にあたえて、そのまま雨戸のなかへ入っていったが、ひとめあの凄惨な現場を見ると、

「わっ、こ、これは……」

と、さすが物慣れた警部補も思わず一歩うしろへたじろがずにはいられなかった。

「とにかく、写真をとってくれたまえ。本多君、この現場、だれも手をつけやあしないだろうね」

「はあ、もちろん、発見するとすぐ北川君にきてもらって、署へ連絡したんです」

「ここへは君ひとりで入ってきたの」

「いえ、あの、松原という男といっしょでした。まさか、こんなこととは思わなかったもんですから……」

山口警部補はちょっと非難するような一瞥をくれながら、

「この家には被害者以外にはいないのかい」

「いまんところ、そうのようです」

そこへ雨戸の外から刑事が声をかけて、

「主任さん、この家のもんだという若い女が、いま表からかえってきたんですが……」

2

「ああ、そう。ちょっと……」

と、山口警部補はあたりを見まわし、

「ここではまずいな。いいや、その女に聞いてみよう。本多君、君は玄関へまわって、なかから戸を開いてくれたまえ」

「はっ！」

本多巡査は玄関の方へ走っていく。

「それじゃ、写真、たのむよ。写真がすんだら、指紋やなんか万事ぬかりのないように」

「はっ、承知しました」

鑑識の声をうしろに聞きながして、山口警部補は雨戸の外へ出たが、そのとたん、そこに立っている異様なすがたの女に目をとめて、思わず大きく目をみはった。

その女も、座敷に倒れている女と同じように、オオクニヌシノミコトのような髪の結いかたをしている。色目ははっきりわからないが、羽織をすそ長に着て、袴《はかま》をはいている。そういう姿から見て、この女も薬子と同じような職業の女にちがいないことがわかるのだ。

「ああ、あんただね、この家のもんだというのは……？」

「はあ、でも、いったいなにごとがございましたのでしょうか。皆さん、あの夢殿で何をなすっていらっしゃるのでございますか」

おりおり欄間からもれるフラッシュの光や、刑事たちの動く気配に、女は大きく目をみはっている。声が少しふるえているようだ。

「いやあ、ちょっと……ここでは話ができない。向こうへいこう。いま、警官に玄関を開けさせるから」

「はい、でも……」

と、女は体をかたくして、

「ほんとに、いったいなにごとが起こったんでございますか。後生ですからおしえてください。先生の身に、何かお間違いでも」

「先生……？」

「はい、宇賀神薬子先生でございます」

「ああ、それじゃ君はお弟子さんだね。まあ、いい、とにかく向こうへいこう」

山口警部補は二、三歩いきかけたが、思い出したように立ちどまると、さっき本多巡査からわたされた名刺を、もう一度、懐中電灯の光で読みなおしてみて、

「松原浩三さん……とおっしゃるんですね」

と、浩三の方へふりかえった。

「はあ、あの、そ、そうです」

ぼんやり考えごとをしていた浩三は、だしぬけに声をかけられ、ちょっとどぎまぎしたように答える。

「あなた、さっき本多巡査が飛び出していったあとで、座敷のものにおさわりにゃならなかったでしょうね」

「と、とんでもない。ぼくもすぐそのあとからとび出したんですから」

「ああ、そう。あなたにもあとでお伺いしたいことがありますから、玄関のまえでお待ちくださいませんか」

「承知しました」

浩三はほっとしたように、山口警部補と女のあとからついていく。

3

しおり戸の外では、いざりが刑事に何かきかれている。そのそばには、かわいいけれどどこかぽかんとしたところのある子供が、相変わらず焼酎のびんをぶらさげて、ぽかんとした顔で立っている。

門の外には野次馬が大勢押しよせているらしく、ひそやかなざわめきのなかにまじって、警官と新聞記者らしいのが何か大声でわめきあっているのが、いかにも凶事のあったあとの家らしく、さっきの静けさにひきくらべて、松原浩三には夢のような気持ちだった。

「松原さん」

「はあ」

「あなたはここにいて下さい。君はぼくといっしょに来たまえ」

山口警部補は女のほうへあごをしゃくって、本多巡査のひらいてくれた玄関のなかへ入っていった。

本多巡査はスイッチのありかがわからぬらしく、懐中電灯をふりかざしながら、暗やみのなかでまごまごしている。それをみると、女がすうっとさきへあがってスイッチをひねった。明るくなった玄関は相当手広く、立派だった。

「どこか静かに話の出来る部屋がほしいのだが……」

女は無言のまま、玄関をあがって右へまがった廊下の、すぐとっつきの部屋の障子をひらいた。そして、スイッチをひねると、

「どうぞ」

落ち着きはらった声で請《しょう》じる。

そこは待合室にでもなっているらしく、真ん中に大きな机がおいてあり、そのまわりにうすい座布団がちらかっている。山口警部補と女は、その机をはさんで向かいあって座った。

「まず最初に、あんたの名前は？」

山口警部補はポケットから手帳を出した。

「宇賀神奈津女《うがじんなつめ》と申します」

「宇賀神奈津女……？　それ、君のほんとうの名前？」

「いいえ」

女はうすくほおを染めて、

「本名は横山夏子というのですが、先生がいまの名前にかえてくだすったのです」

「君もやはり先生と同じような、つまり霊媒というようなことをやるんだね」

「はい、その素質があるとおっしゃって……」

奈津女はまたほおを染めた。

霊媒というような一風かわった仕事をしているので、表情などに普通の女とちがったところがあるが、明るいところでよくみると、なかなかの美人である。中高の古風な顔立ちだが、うっとりとうるんだようなひとみに魅力があった。

「この家には、先生と君のほかには？」

「あら！」

奈津女は急に思い出したようにあたりを見まわし、

「ピータはどうしたんでしょう。ピータの声が聞こえないようですけれど」

「ピータって？」

「番犬でございます。とてもよくほえる犬なんですけれど」

しかし、松原浩三も、本多巡査も、この家では一度も犬の声を聞かなかったのである。

4

「ねえ、あの……なんとお呼び申し上げたらよろしいのでしょうか」

「山口と呼んでください」

「それでは、山口さん、いったいなにごとが起こったのでございますか。どろぼうが入ったんですか。それとも、先生の身に何かお間違いでも……」

「それでは、先生が今夜こちらにいらっしゃることは、あんた知ってたんだね」

「ええ、それはもう……先生は今夜ひとりになりたいからとおっしゃって、それでみんなをお出しになったんでございます」

「みんなというと……？」

「わたくしと、年をとったばあやさんと、書生の三人でございます」

「家族はそれだけですか。ほかにどなたもいらっしゃいませんか」

「はあ、あの……」

奈津女はちょっと口ごもって、ほおをあからめた。

「いや、言いたくなければ言わなくてもいいんです。しかし、いずれわかることだから、

と、沢田刑事は奈津女のほうへ目をやって、

「こちら、この家の……？」

「ああ、被害者のお弟子さんだ」

「ああ、そう。それじゃあなたに伺いますが……」

と、沢田刑事は奈津女のほうにむきなおって、

「この家に河村達雄《かわむらたつお》という男がいますか」

「はあ、あの、うちの書生ですが……河村さんがどうかしましたか」

「沢田君、河村という男がどうかしたの？」

「はあ、あの、裏木戸からこっそり忍びこんできたんですよ。それで、新井君が声をかけると、あわてて逃げ出そうとしたんです。いま捕まえて向こうに待たせてありますけれど……」

「裏木戸から忍びこんできたというと、その木戸はあいてたのかね」

「はあ、開いていました。ぼくはすぐ裏へまわると木戸を調べてみたんですが、くぐりが三寸ばかり開いていました。河村はそこから忍びこんできたんです。それから……」

と、沢田刑事はまた奈津女のほうへむきなおって、

「この家に犬がいますね、大きなシェパードが……」

「ああ、ピータ……」

と、奈津女はひざを乗り出すようにして、

「ピータ、どうしてます」

「主任さん、ちょっと来てください。この事件、相当計画的だと思うんです」

「ああ、そう」

山口警部補は立ちあがって、

「宇賀神さん、あなた、ここで待っていてください」

「はあ、あの……先生のほうへ参っちゃいけませんか」

「まだいかないほうがいいでしょう。本庁からひとが来てから……そうそう、薬子さんという人は、ずいぶんネコ好きだったとみえますね」

「はあ、もう、それはそれは……ひところは十四以上もいたくらいですから」

「ああ、そう。それじゃちょっと……本多、君はここにいてくれたまえ」

「はっ、承知いたしました」

本多巡査をあとに残して、山口警部補が沢田刑事のあとについて裏へまわると、二十二、三の詰めえりの学生服を着た男が、刑事といっしょに木戸のそばに立っていた。おそらく、書生の河村だろう。

「これが裏木戸です」

山口警部補がくぐりから首を出して外をのぞくと、木戸の外はすぐ墓地になっていて、墓石だの卒塔婆《そとうば》だのが、薄暗がりのなかにくろぐろと、不気味な輪郭をうきたたせている。戦災で本堂は焼けたとみえて、仮普請《かりぶしん》の小さな建物が、はるか向こうにちぢこまっていた。

「ふうむ、これは……」

山口警部補は思わず顔をしかめた。

7

「主任さん、ちょっとこちらへ……」

「ああ、そう、まだほかに何かあるの」

「はあ……」

裏木戸から入って、勝手口の出っぱりをまがったところに、二、三人の男が地面にしゃがんで、懐中電灯で何か調べている。

山口警部補と沢田刑事の足音に、一同はいっせいにふりかえったが、警部補はそのなかに門田医師の顔をみとめた。

「やあ、御苦労さん。現場のほう、もうすみましたか」

「いやあ、あっちのほう、まだフラッシュがうるさいんで、とりあえず、こっちのほうへやってきたんだ」

警部補はぎょっとしたように、

「こっちにも何か……?」

「犬ですよ。シェパードが一匹やられてるんです」

沢田刑事がささやいた。声がすこしふるえている。

「シェパードが……？」

しゃがみこんだひとびとの頭のうえから、山口警部補がのぞいてみると、犬小屋のまえに、みごとな茶色の犬が、ぐったりと手脚をのばして倒れている。犬が吐いたらしい汚物が少し、犬小屋のまえに散乱していた。

「毒殺……ですか」

「どうもそうじゃないかと思う。あっちの事件と符節があいすぎるから……」

門田医師はニッケル・カンのなかに汚物を採集している。

「それじゃ、あらかじめ犬をやっておいて、それから凶行にとりかかったんだね」

「だから、相当計画的だというんですよ」

「ふうむ」と、山口警部補はながいうなり声をもらして、

「しかし、奈津女……待合室にいる女だが、あの女の話によると、よくほえる犬だということだったが、すると、これはこの犬のよくしっている人物のしわざだね」

「ええ、そう。番犬としてよく仕込まれた犬は、絶対に知らぬ人物からあたえられた物は食べませんからね」

「ふうむ」

と、山口警部補はまたうなった。

「それにね、主任さん、本多の話によると、人殺しという声が聞こえた直後、表門のくぐりから女がひとりとびだしたということですが、裏木戸が開いたままになっているところを見ると、こっちのほうからもだれか出入りしたんじゃないかと思うんです」

「ちっ、相当こみいってやがんな」

山口警部補がいまいましそうに舌を鳴らしたとき、表のほうに自動車のサイレンが聞こえた。警視庁から当番警部が駆けつけてきたのである。

8

警視庁から駆けつけてきたのは、捜査一課の等々力警部。

ひとめ現場の模様を見ると、ぎょっとしたように目をみはったが、そこへ山口警部補が顔を出した。

「やあ、山口君、御苦労さん。こりゃ相当の事件だぜ」

「はあ、ぼくも驚いているんです。犯行があまり残虐ですからね」

「で、犯人は……？」

「まだわかりません。なんだか、ぼくの感じじゃ、こいつ相当もつれるんじゃないかと思うんです。だいぶ計画的ですからね」

「ふうむ。とにかくひどいな。これだけの凶行が演じられたのに、どうして近所で気がつかなかったのかな」

「ぼくもそれを不思議に思ってるんです。しかし、警部さん、ぼくが駆けつけたときにゃ、ここもっとものすごかったんですよ」

「もっとものすごかったというと？」

「死体のまわりに、ネコがうじゃうじゃするほどいたんです」

「ネコ……？」

「そうです。生きたネコが五匹……血まみれになりましてねえ。なかにゃ血をなめたとみえて、口を真っ赤にしているやつもある。ぞっとするほどの薄気味悪さでしたね」

等々力警部も顔をしかめて、

「そのネコ、捕まえてあるだろうね」

「おい、君、あのネコ捕まえてあるだろうね」

山口警部補は部屋のなかにいる鑑識の連中に声をかけた。

「はあ、向こうの部屋に閉じこめてあります。だいぶひっかかれましたよ」

そこへ犬の検視をおえた門田医師がやってきた。これからいよいよ死体の検視がはじまるのである。

「山口君、ここは一応こうしておいて、とにかく向こうへいこう。だいたいの事情はわかっているんだろう」

「はあ、わかってるってほどじゃありませんけれど……」

山口警部補がそれまでに収集した情報によると、薬子は今夜、夢殿へとじこもりたいからといって、家人を全部、外へ出したというのである。もっとも、書生の河村は早稲田の夜間部へ通っており、これははじめから留守ときまっていたが、奈津女と、中年の女中、藤本すみ江は、わざわざ用事をこしらえて家から追っ払われたのである。

「夢殿……？　夢殿というのは……？」

「あの現場のことですよ。薬子はときどき、あの夢殿に閉じこもって、精神統一をやってたそうです。つまり、霊感をうるためですね。そして、霊感にうたれて、その極点に達すると、みずから何もかも脱ぎ捨てて、素裸になることが、いままでにもたびたびあったそうです。これは書生の話ですがね」

9

とりあえず玄関わきの待合室を取り調べ室にして、まず松原浩三といざりが参考人として聴き取りをされることになった。

いざりの名は本堂千代吉といって、このつぎの町に住んでいて、そこから息子の蝶太《ちょうた》に車をひっぱらせ、天気のよい日は毎日新宿までおもらいに出かけるのである。そういえば、浩三は新宿駅の青梅口にいざりこじきがいたのを思い出して、この男だったのかと顔を見なおした。

千代吉と浩三がどうしてここにいたかという申し立ては、本多巡査にこたえたとおりだから、ここには繰り返さない。

「それで、おまえがこのかたに……」

と、山口警部補は松原浩三を指さして、

「会うまで何分ぐらいあそこにいたんだね」

「さあ……はっきりわかりませんが、十分ぐらいだったでしょうかねえ。子供がなかなかかえってこないので、いらいらしているところへ、人殺しという声が聞こえたんです」

「しかし、近所のひとにはどうしてそれが聞こえなかったろう」

「ラジオのせいじゃないでしょうか」

「ふた声だったといったね」

「へえ、あっしの聞いたのはふた声でしたが、もっと叫んだかも知れません。なにしろ、ラジオがとても騒がしかったんで」

「それから女が飛び出してきたのは……?」

「すぐそのあとでした。門のなかからくつ音が聞こえてきたかと思うと、くぐりからぱっと女がとび出してまいりましたんで」

「顔や年ごろは……?」

「いいえ、それが……くぐりから飛び出すところを見れば、玄関に電気がついておりましたから、いくらかはっきり見えたかわかりませんが、あっしは少しわきのほうにおりましたので……でも、くつの音や香料のにおいで、若い女だったんじゃないかと思いますんで」

「くぐりはあいていたのかね」

と、横から等々力警部が声をかけた。

「いいえ、しまっておりましたようで。がらりと開く音がしましたから……でも、締まりがしてあったかどうかは存じません」

「あなたが出会ったという女は……？」

警部補が浩三のほうへむきなおった。

「はあ、ぼくも一瞬軒灯の下で見ただけですから……でも、やっぱり若い女だったんじゃないかと思います。ビニールのレインコートを着ていたようでしたね」

ここでも浩三はポケットにある血染めの手袋のことは話さなかった。

「そのほかに何か気づいたことはありませんか。あれがおかしかったというような……」

「さあ、べつに……」

また署のほうへ来てもらうことがあるかも知れないからと、住所氏名をひかえられて、ふたりが外へ出たところへ、門田医師が手をふきながらやってきた。

「どうも不思議だ。あれだけの傷をうけるまでには、相当逃げまわったにちがいないし、また逃げまわったらしい形跡もあるのだが、近所でどうして気がつかなかったのかねえ」

10

門田医師の報告によると、傷は全部で十二か所あり、致命傷となった背後から左肺部へ達する突き傷以外、大して深い傷はないが、その位置はほとんど全身にわたっており、長いのは二十センチに及ぶのもあった。

「それで不思議なんだが、どうしてあんなところを切られたんだろうと思われるようなところに傷があるんだ。たとえば内股などにね」

門田医師は顔をしかめた。

「縛りあげておいて、切ったというような……」

「いや、ぼくもそれを考えたから調べてみたんだが、どこにもその形跡はないね」

「それで、時刻は……？」

門田医師は腕時計を見て、

「いま十一時五十分だが、いまから一時間半から二時間まえのことだろうから、だいたい十時前後から十時半前後までのあいだだろうね」

「凶器はどうですか」

「両刃の刃物じゃないかと思うが、現場じゃまだ発見されていないらしい。とにかく、解剖すればもう少し詳しいことがわかるだろうがね」

門田医師と入れちがいに刑事のひとりが入ってきて、

「どうも変ですねえ。あれだけの惨劇があったのに、近所ではだれも声を聞いたものがないんです。もっとも、近所といってもまえは学校だし、うしろは墓地だし、左隣の家があの座敷にいちばん近いんですが、あいだに土蔵がありますんでねえ。それにしても、あれだけの惨劇がねえ」

「犬のほえる声を聞いたものはないのかね」

「そうそう、左隣は青木というんですが、そこで、八時半から九時ごろまでのあいだ、一度ここの犬がはげしくほえるのを聞いたといってます」

この刑事が出ていくのと入れちがいに、書生の河村がつれてこられた。色白のいい男振りで、少し青ざめた顔色が、きちんとした身だしなみのよい、黒い詰めえりの学生服とよい対照を示している。

「君、早稲田の夜間部といったね」

「はあ」

「学校は何時にひけるの」

「九時です」

「それじゃ、途中どこかへよってたんだね。君がかえってきたのは十一時過ぎだから」

「はあ。先生が今夜はおそくかえるようにとおっしゃったものですから、新宿をちょっと……」

「君、さっき刑事に誰何《すいか》されて逃げようとしたそうだが」

「それはびっくりしたからです。だしぬけに暗がりのなかから怒鳴りつけられたものですから……」

「君は裏木戸の開いてることを知ってたの」

「ええ。ぼく、いつもあそこから入るんです、ピータがいるもんですから……」

女中の藤本すみ江はとうとう帰ってこなかった。かえらないはずである。この女は後に死体となって発見されたのだから。

こうして、この薄気味悪い霊媒殺人事件の幕は切って落とされたのである。

破鏡

1

明治記念館の結婚式場。
滝川家皆様御控え室——という札のかかった豪華な洋風の控え室には、今日の結婚式に列席するために集まった、滝川家の親類縁者、さては花嫁の友人などが二十名あまり、おもいおもいに着飾って、三々五々、打ち興じている。

そろそろ式の時刻が迫っているのに、花嫁の着つけがまだ出来ない。

今日の花嫁の父、滝川呉服店のあるじ、滝川直衛《なおえ》は、さっきからしきりに腕時計を気にしている。五十あまりの、いくらか白髪のまじった髪をきれいに左でわけた、血色のよい人物である。紋服に袴《はかま》という姿が、ぴったりと板についた、いかにもだんならしい風格の、肉づきのよい、ゆったりとした人柄だ。

ドアひとつへだてた隣の部屋は、今日の花婿、植村欣之助一家の控え室になっているが、ときどきそこから世話人が首を出して、きょろきょろこっちを見まわしてひっこむのは、花嫁の支度の出来るのを待ちかねているのだろう。

野方のほうで殺人事件があってから、十日ほどのちのことである。

花婿をあまり待たせるのもと思ったのか、直衛は今日の式場係を命じてある滝川呉服店の支配人、室井五平を呼びよせて、

「恭子は何をしているんだろう。あまりおそいじゃないか。少し急ぐようにいってきてくれたまえ」

「承知いたしました」

モーニング姿の室井支配人が出ていくのと入れちがいに、控え室係の女中が名刺を持って入ってきた。

「あの、こういうかたがお目にかかりたいといって、おみえになっておりますが」

直衛は名刺に目をやると、不快そうにまゆをひそめた。

名刺には、野方署の捜査係、津村三五郎という名前が刷ってある。場合が場合だけに、直衛はいまいましそうに舌を鳴らしたが、会わぬわけにはいかなかった。

「ああ、そう。どこにいるの？」

「あちらのお廊下でお待ちでございます」

直衛は、ソファーから立ち上がると、すぐそばにいる人物に、

「わたしに会いたいという人が来てるそうだから、ちょっと行ってきます」

「さあ、どうぞ」

廊下へ出ると、向こうのソファーのそばに、見おぼえのある刑事が立っている。

直衛はつかつかとそばへよって、

「困るじゃありませんか、こんなところへ来てくだすっちゃ……」

と、苦いものでも吐き出すように、

「わたしのことなら、このあいだ申し上げたとおりです。まだお話があるなら、式がすんでからにしてください」

「いいえ、今日まいったのは……」と、津村刑事はいんぎんに、

「あなたのことじゃないのです。じつは、お嬢さんに少々お伺いしたいことがありまして……」

2

「娘に……？　娘がどうかしたんですか」

直衛の顔色に不安の色が動揺する。

「いえ、ちょっとお伺いしたいことがあるんです」

「しかし、ねえ、君」

と、直衛はさっと気色ばんで、

「今日は娘にとってどういう日だか、あんたも御存じでしょう」

「はい、よく承知しております」

「それならば、少し考えてくだすってもよいじゃありませんか。女にとっては……いや、女にとっても男にとっても、結婚式ということは、生涯《しょうがい》でいちばん大事なことですよ。その直前に、そんな……」

「はい、それも考えました。まことに恐縮しています。しかし、お式がすむとすぐ新婚旅行にお立ちだということを伺いましたので、そのまえにちょっと……」

物静かな言葉つきながら、一歩も譲らぬ津村刑事の態度に、直衛はしだいに不安をましたが、

「いったい、娘に何をお尋ねになろうとおっしゃるんです。あれは今度の事件になんの

関係もありませんよ」

　直衛の声は少しふるえている。

　津村刑事は相変わらず水のように冷静に、

「もちろん、われわれもそう信じています。しかし、ちょっとお伺いして、たしかめてみなければならぬことがございますので……これも職務ですから、お許しください」

　直衛の声が少し高くなったので、花婿側の控え室から二、三人のひとがのぞいていたが、そのなかからモーニング姿の青年がひとり出てきて、ふたりのそばへよってきた。

「おじさん、どうかしたんですか」

　深いバリトンの声が落ち着いている。

　直衛はちょっと言葉につまって顔をしかめた。

　今日の花婿の植村欣之助というのは、二十七、八の、しかし、その年ごろの青年としてはゆったりと落ち着きはらった人柄である。

「こちら……？」

　と、欣之助は津村刑事のほうをふりかえって、

「警察のかたですね」

「ああ、あの、そうなんだが……」

　直衛はすっかり度をうしなっている。

　欣之助は刑事のほうへむきなおって、

「いいでしょう。なんなら、お父さんもどうぞ」

四人が行きかけるうしろから、

「欣之助、どうしたんだ」

と、ごま塩頭をみじかく刈ったモーニングの老紳士が声をかけた。欣之助の父の植村博士である。欣之助の母も心配そうにのぞいている。

「いいえ、お父さん、なんでもないんですよ。すぐかえってきますから、皆さんにもうしばらくお待ちくださるように……」

滝川家の控え室から、媒酌人と、高校へ通っている恭子の弟の衛《まもる》が心配そうな顔をして出てきたが、

「ああ、吉田さん、すぐかえってきますから……衛、何も心配することはないんだよ」

と、直衛の声は少しうるんでいた。

「では、どうぞ」

女中に案内された部屋へ入ると、津村刑事はぴったりドアをしめて、三人のほうへむきなおった。

「じゃ、早速、用件にとりかかりましょう。お嬢さん、あなたはこれに見覚えがおありでしょうねえ」

取り出したのは、どろと血にまみれた白いレースの手袋である。

4

手袋をつきつけられたとたん、さっきから青ざめていた恭子の顔から、さらに血の気がひいて、紙のようにまっしろになった。くちびるがわなわなふるえて、うわずった目のいろから、いまにも倒れるのではないかと思い、

「恭子さん！」

欣之助が叫んでかけよろうとするのを、恭子は泳ぐような手つきではらいのけると、二、三歩うしろへたじろいだ。

「御存じなのですね」

恭子は無言のまま、手袋についたしみを見つめている。まるで、その手袋から、何かこわいものでも飛び出すかのように……返事はなかったけれど、その顔色が刑事の言葉を裏書きしている。

「刑事さん、ひきょうじゃありませんか。だしぬけにそんなものをつきつけて……」

激昂《げっこう》する欣之助を、津村刑事はひややかな目でじろりと見ると、

「あなた黙っていてください」

氷のようにつめたい声だ。

「お嬢さん、それではもう一度お尋ねしますが、これはたしかにあなたの手袋ですね」

恭子は手袋を見つめていた目をあげて、津村刑事の顔を見た。それから、父の顔を見、さいごに欣之助の顔を仰いだが、すると、ふいにひとみがかすんだようにぬれてきて、涙がいっぱいうかんできた。

「恭子！」

直衛はしめつけられるような声をあげたが、あとはのどがつまって言葉が出ない。手袋についているあの恐ろしい血の跡から、刑事が何を言おうとするのか察しられたのだ。

「この手袋には……」

と、津村刑事はあいかわらず氷のようにつめたい声で、

「この手袋にはうらがわに、イニシアルが縫いこんでありますね。K・T……と。わたしはこれを宇賀神奈津女という女に見てもらったんです。御存じでしょうね、宇賀神奈津女を……すると、奈津女のいうのに、滝川さんのお嬢さんが、これと同じような手袋をはめていらっしゃるのを見たことがあるような気がする……と、こういうんです」

恭子はハンカチで目をおさえている。立っているのも耐えられないくらい、ひざがしらがくがくふるえ、はげしい嗚咽《おえつ》の声がもれる。

刑事はさらに言葉をつづけて、

「そこで、わたしは念のために、お宅へ出向いて、女中さんにこれを見てもらったんです。すると、女中さんの言うのに、これはたしかにうちのお嬢さんの手袋にちがいない。うちのお嬢さんは、なんでも自分の持ち物にイニシアルをお入れになるくせがあると…

…しかも、さらに……」

と、津村刑事はそこで急に言葉を強めると、

「女中さんのいうのに、五月二十六日の晩、お出かけになるとき、お嬢さんはたしかにこの手袋をはめていられたと……五月二十六日の晩、それがどういう晩だか御存じでしょうね。宇賀神薬子の殺された晩のことです。あなたは、あの晩、この手袋をはめてどこへお出かけになったのですか」

5

欣之助と直衛は、はげしい不安に胸をおののかせながら、恭子の顔色を見まもっている。

欣之助は何かいおうとしたが、何か言えば事態がますます悪くなりそうな気がして、重っくるしく押しだまっている。腹の底に鉛のかたまりでも抱いているような気持ちである。

「お嬢さん」

津村刑事はいくらか言葉をやわらげて、

「もう一度お尋ねいたしますが、五月二十六日の晩、七時ごろから十一時半ごろまで、あなたはどこへお出かけになっていたのですか」

恭子は急にすすり泣きをやめると、しずかに涙をふいて目をあげた。一度、真正面からきっと刑事の顔を見たが、さすがに勇気がくじけたのか、あらぬかたに視線を泳がせながら、

「それは申し上げられません」

低いけれど、はっきり聞きとれる声だった。それから、かすかに身ぶるいすると、

「もし、それを申し上げないと、どういうことになるのでしょうか」

と、今度はきっぱり真正面から刑事の顔を見た。刑事もたじろぐような強い意志をひめた視線である。

恭子というのはそういう娘なのだ。激情がおさまって、一度こうと心をきめると、てこでも動かぬ強さを持っている。

「そういうことになりますと、まことにお気の毒ですが、警察まで来ていただかねばなりません」

「そ、そんな……そんな……」

激昂する欣之助のそばから、直衛がおびえたように、

「け、刑事さん、そ、その手袋はいったいどこにあったんですか」

刑事はじろりと欣之助をしり目に見て、

「現場の……宇賀神薬子の宅の、かきねのなかから発見されたのです」

直衛はひくいうめき声をあげると、二、三歩うしろへよろめいて、どしんと音を立て

てアーム・チェアに腰を落とした。いっぺんに十くらいも年がよったように見える。

しかし、これはどうしたというのだ。いま刑事の持っているその手袋は、あの晩、小説家の松原浩三が道で拾ったものなのである。

松原浩三は、取り調べをうけているあいだ、ついに手袋のことに触れなかったが、同じその手袋が、薬子の住まいのかきねのなかから発見されたというのは、いったいどういうわけだろう。

良心にとがめた浩三が、帰りにそっとかきねのなかへ捨てていったのだろうか。それだと罪なことをしたものである。

恭子はしばらく何か考えるように黙っていたが、やがて低い声で、

「植村さん」

と、欣之助のほうも見ないで呼びかけた。

「はあ」

「すみませんでした、こんな御迷惑をおかけして……でも、こうなったら仕方がありません。あたしとのお約束はなかったものとしてください」

さすがに言葉じりは涙にくもって、声がふるえた。

6

「そ、そんなバカな！　そんなバカな！」

欣之助がいきりたつのをなだめるように、

「いいえ、あたし、こんな忌まわしい疑いをうけたままあなたの妻になるわけにはまいりませんし、また、疑いが晴れるか晴れぬかわかりもしないのに、いつまでもあなたを約束でしばりつけておくことはできません。お父さん、あなたもそのおつもりで……」

「だが、恭子」

アーム・チェアのなかで、両手で頭をかかえこんでいた直衛が、涙にぐっしょりぬれた顔をあげた。

「これだけは一言いっておくれ。おまえ、薬子を殺したなんて、覚えはないいんだろうね」

「お父さん、それははっきり申し上げておきます。あの人を殺したのはあたしじゃございません」

「しかし、どうしておまえの手袋が……」

「それはお父さんでも申し上げるわけにはまいりません」

こういうときの恭子の気質を知っている直衛は、力なくうなだれながら、

「しかし、恭子、そんなことをいって、おまえにもしものことがあったら……」

うめき、すすり泣く直衛のそばから、欣之助が言葉を強めて、

「恭子さん、どういう事情がおありかしりませんが、あなたの気性はぼくもよく知って

いる。だから、あなたの口から聞こうとは思いませんが、ぼくにも考えるところがありますから、こっちで調査するのはかまわないでしょうね、あなたの疑いを晴らすために……」

「いいえ、いいえ、いけません。そんなことをなすっちゃいけません」

恭子のおもてを、さっとおびえの色が走った。

「欣之助さん、後生ですから、そんなことをなさらないで。決して、決して。欣之助さん、お約束してください。決して、そんな調査などをなさらないって。それは……それはあたしを苦しめるばかりよ」

恭子の顔は劇甚《げきじん》な苦悩にゆがんで、額にびっしょり汗が吹き出した。

欣之助は不思議そうな目で恭子の顔色を見まもっていたが、やがて、低い落ち着いた声で、

「恭子さん、そのお約束だけはぼくにもできません」

それから、軽く頭をさげた。

恭子は絶望的なうめきをあげたが、やがて刑事のほうを振り返ると、

「刑事さん、お待たせしました。では、お供いたします。でも、そのまえにちょっとお召し替えを……」

「それはもちろん。さあ、どうぞ」

直衛があわてて立ちあがるのを、恭子は涙にうるんだ目でおさえるように、

「お父さん、あたしひとりでいきます。だれにもいっしょにいっていただきたくないの。それより、お父さんも欣之助さんも、皆様によろしくおっしゃって。欣之助さん、おじさまおばさまによろしく……お父さん、衛を頼みます」

恭子は、刑事に付き添われて、よろめくように部屋から出ていった。

7

式場から新婚旅行にたつつもりで用意してあった旅行服に合いオーバーという服装に着かえた恭子が、津村刑事につきそわれて明治記念館の玄関へ出ると、自動車が一台待っていて、なかに私服が一人乗っていた。

恭子の言葉を尊重して、直衛も欣之助も玄関まで送って出ることをひかえた。欣之助はともかく、直衛はとても玄関まで出る勇気はなかったろう。

玄関にはいましも新婚旅行にたとうとする新郎新婦が、自動車を待っているらしく、大勢の見送り人に取りかこまれて、幸福と羞恥《しゅうち》に、上気をしたほおをほてらせていた。

恭子はそれを見ると、ちょっと目をうるませて、下くちびるをかんだが、べつに悪びれるふうもなく、津村刑事にみちびかれるままに、自動車のほうへ進んでいった。

と、そのせつな、さっきから玄関の外をぶらぶらしていたひとりの男が、恭子のまえを横切りながら、さりげない一瞥を青ざめた顔にくれていった。恭子はむろん知らなかったけれど、小説家の松原浩三である。おそらく、面通しというやつだろう。

恭子が津村刑事とともに自動車に乗って出ていくと、目立たぬように平服を着た山口警部補が、浩三のそばへよってきた。

「どうですか」

五月二十六日の晩、惨劇のあった現場付近で浩三が出会った女の印象をもとめているのである。

「そうですね。一瞬の印象だったから、はっきりとはいえませんが、あのひとだったような気もしますね」

「じゃ、ともかく署まで来てください。はなはだ御面倒ですが……」

「どうしまして。ぼくもこの事件には非常に興味を持っておりますので、お役に立てば幸いです」

恭子の自動車のすぐあとから野方署までくると、署のまえにいざり車がとまっていて、そばに子供がぽかんと立っていた。いうまでもなく、本堂千代吉と息子の蝶太だ。

千代吉は、自動車からおりる恭子の顔を、いざり車のなかからじろりと見たが、べつに表情の動きは示さなかった。ただ、少し鼻をひくつかせたようである。

恭子の姿が署へ消えてから、浩三と山口警部補も自動車から出た。

「どうだったね」

警部補は浩三に浴びせた同じ質問を千代吉にむける。

「なるほど」

「しかし、だんなはどうしてそんなことをお尋ねになるんです。警察のだんなも同じようなことを尋ねていらっしゃいましたが……」

「あっはっは、じつはねえ、本堂君、ぼくはこの事件に非常に興味を持ってるんだ。君も知ってるとおり、ぼくは小説家だろう。この事件に関連して、いろいろ空想をたくましくしてね。そのあげくが、ひとつ自分で探偵してやろうという気になってさ。君のことなども、近所でひととおり聞いたんだよ」

「あっしのことを……？」

千代吉の目がふいと不安の色にくもった。

「うん、それというのが、ぼくの目から見れば、君なども重大な容疑者ということになるんだ。あっはっは」

千代吉はぎょっとしたように、

「だんな、おどかしちゃいけません。どうしてそんなことをおっしゃるんです」

「だってさ、千代吉君、君は警官にうそをついたじゃないか」

「あっしがうそを……？」

千代吉の顔色がまたくもる。

「そうさ。君はこういったね、あの家のまえまで来たところが、タバコの切れてるのを思い出して、蝶太君を買いにやった、そのついでに焼酎を買ってくるようにと命じた、と……そういいながら、君は何やらポケットから出してどぶへ捨てたよ。ぼくは警官が玄関のベルを鳴らしているあいだ……そして、君がそのほうへ気をとられているあいだに、君が捨てたものをどぶから拾って、素早くポケットへねじこんだんだ。あとで見ると、それ、手のついていない新生だったよ。ぼくはそれを警官に黙っていてやった。だから、ねえ！　千代吉君、君はぼくに礼をいってもいいんだよ。あっはっは。じゃ、これで……」

浩三は大きく目をみはっている千代吉をあとに残して、すたすたとたそがれの道を歩き出した。

落葉の底

1

惨劇のあった宇賀神薬子の家は、ぴったり門がしまっている。

通りがかりの中学生がふたり、その家のまえで歩調をゆるめて、ツゲのかきねのなかをのぞくようにしながら、何かひそひそささやいていった。

もうかれこれ五時。夏至《げし》にちかい今日このごろは、一年中でいちばん日の長い季節だけれど、入梅まえのこととて、どんより空がくもっているうえに、片側に学校の校舎がつづいているので、その時刻にしては薄暗い。

松原浩三は、ちょっと猟犬のような目の色をして、宇賀神家のほうへ近づいていったが、そのとき、うしろからけたたましいサイレンの音が聞こえたので、あわてて道ばたに身をさけた。

浩三は、自動車は浩三のまえを通りすぎると薬子の家のまえにぴったりとまった。自動車がまえを通るとき、なかに乗っている異様な人物を瞥見《べっけん》して、思わず胸をどろかせたが、そのままさりげない足どりで自動車のほうへ近づいていく。

自動車からおり立ったのは、白麻の着物に黒紋付きの羽織袴《はおりはかま》、漆黒の総髪を肩にたらして、長いあごひげをたくわえた、容貌魁偉《ようぼうかいい》な人物である。口ひげがぴんと八の字にはねあがっている。

いうまでもなく、いつか奈津女が山口警部補にむかって大先生とよんでいた心霊術師の建部多門である。

多門は、ゆっくり近づいてくる浩三の顔をじろりとしり目に見ると、門のベルを押そうとしたが、そのまえに足音をきいたとみえて手をひいた。自動車の音がベルの代用をしたのだろう。

門をひらいたのは書生の河村である。今日もきちんと黒い詰めえりの学生服を着ている。

多門は、うやうやしくお辞儀をする河村にむかってなにやら二言三言ささやいていたが、やがて振り返って運転手に手をふった。

「では、九時に……」

運転手は一礼して、そのまま自動車を走らせていく。

多門はうさん臭そうな一瞥をじろりと浩三のおもてにくれると、そのまま門のなかへ入っていく。門はすぐなかからぴったりしめられた。

「では、九時に……」

浩三は、門のまえを通りすぎながら、心のなかでつぶやいている。

運転手が、九時に……といったのは、おそらくその時刻に迎えにくることを意味しているのだろう。ということは、その時刻まで、多門がこの家にいるということだ。

ところで、書生の河村は毎晩夜学に行くのである。女中の藤本すみ江は、あの晩以来、いまだにゆくえがわからない。

とすると、あとに残るのは、建部多門と宇賀神奈津女のふたりきり……。

浩三はいかにも好色家らしい建部多門の容貌を脳裏にえがいて、ちょっと胸をとどろかせた。

2

書生の河村は今晩夜学へ行くだろうか。かれが夜学へ行くのと休むのとでは、だいぶ

つも妙なことが起こるというのはどういうわけかな。あっはっは」

のどのおくで人を小バカにしたような笑い声をあげたが、そこへ野次馬といっしょに警官が駆けつけてきた。

本多巡査である。

4

落ち葉の底から女の腐乱死体が掘り出されたのは、それから半時間以上もたってからのことである。

そのころには野方署からはもちろんのこと、本庁からも等々力警部が係官をつれて駆けつけてきた。

いろんな角度から現場写真が撮影されたのち、女の死体が掘り出されると、またさかんにフラッシュがたかれる。

掘り出された女の死体は、半ば腐乱していたが、それでも相好の識別もつかぬというほどではなく、建部多門や宇賀神奈津女、さらに河村の証言によって、藤本すみ江であることが確認された。

奈津女と河村の話によると、着衣なども、すみ江があの晩着て出たものにちがいないという。

駆けつけてきた門田医師の検視によっても、殺害されたのはだいたい先月の二十五、六日ごろということになった。死因は扼殺《やくさつ》と、死体の咽喉部《いんこうぶ》を見たものは、ひとめでそれとうかがわれる。

藤本すみ江は四十前後、小柄で、華奢《きゃしゃ》な体質だから、絞め殺すには造作なかったろうと思われる。

「警部さん、こりゃたいへんな事件になってきましたね」

山口警部補はひとかたならぬ興奮の色である。

「ふうむ」と、等々力警部も太いうなり声をもらして、

「あんな事件があったのに、十日も姿を見せないところを見ると、ひょっとすると……とは思っていたが、灯台下暗しというか、こんなところに死体がころがっていようとは思わなかったね」

それから、警部は憤然たる面持ちで、そばにいる刑事を振り返った。

「沢田君、君たちはこの落ち葉だめのなかを調べてみなかったのかい。藤本すみ江が殺されているかもしれないということは、君たちにも言っておいたはずだが……」

沢田刑事の激昂の色は、等々力警部よりも大きかった。

「新井君、新井君、ちょっとここへきてくれたまえ」

と、同僚の新井刑事を呼びよせて、

「君とぼくとで、この落ち葉だめは一度すっかり調べてみたんだったね」

新井刑事も憤然たる面持ちで、

「もちろん調べましたよ。主任さん、われわれふたりで、この穴は底の底まで調べたんです。ぼくはいままで、こんなに愚弄《ぐろう》されたことはありません」

「それはいつのこと？」

「事件があってから四日目、五月二十九日のことです。ひょっとすると、藤本も殺されているんじゃないかという疑いが、濃厚になってきた時分です。そんときには、この穴にはたしかに死体はなかったんですぜ」

5

宇賀神薬子が殺されてから四日ののちに、落ち葉だめを調べたときには、死骸《しがい》はそこになかったという。では、藤本すみ江の殺されたのは、それより後のことであろうか。

等々力警部と山口警部補は、しばらくぼうぜんとして顔を見合わせていたが、やがて、

「先生、先生！」

と、山口警部補が憤然たる面持ちで、門田医師をふりかえった。

「はい、はい、警部補どの、何か用かな」

門田医師は、アルコール綿で手をふきながら、死骸のそばを離れて、山口警部補のそばへやってくる。

「先生、いまの新井君の言葉をお聞きでしたか」

「はい、聞きましたよ」

門田医師は平然としてうそぶいている。ひとみがいくらか笑っていた。

山口警部補はいくらかかっとしたように、

「すると、これはいったいどういうことになるんです。死後の経過に、四日も食いちがいがあっちゃ困るじゃありませんか」

「死後の経過期間に四日も食いちがいがあるう？」

門田医師は大きく目玉をひんむいて、

「おいおい、警部補さん、何をいってるんだい。バカなことをいっちゃいかん。おれはいったい何年こんな稼業《かぎょう》をしてるんだ。そりゃ解剖の結果を見なきゃ正確なことはいえんが、四日も食いちがいが出来てたまるもんか。この女の殺されたのは、たしかに先月の二十五、六日ごろ、すなわち、宇賀神薬子の殺されたのと前後してのことさ。はい、警部補さん、おわかりになりましたか」

「しかし、そ、それじゃ……」

山口警部補はいささか精神錯乱のていで、目ばかりパチクリさせている。

「そうすると、先生」

と、等々力警部が警部補を制して、

「この死体は、どこかほかで殺されて、死後四日目にここへ運ばれてきたということになるんですな」

「と、まあ、そういうことになりますかなあ。そこにいらっしゃる刑事さんたちにお見落としがなかったとしたら……」

「先生！」

新井刑事と沢田刑事が何かいいかけるのを、

「あっはっは、まあいいさ、いいさ。おれのいいたいのは、この女は宇賀神薬子と相前後して殺されたのである……と、ただそれだけさ。どこで殺されたのか、また、死後四日もたって、なぜ、そしてまた、いかにしてここへ運ばれてきたのか、それを調べるのは君たちの領分だ。はい、さようなら」

門田医師はカバンをしまうと、さっさと墓地をぬけて、スクーターに乗ってかえっていった。

あとには一同がぼうぜんとして顔を見合わせている。あたりはすっかり暮色につつまれて、鉄条網の外にアリのようにたかっている野次馬の吸うタバコの火が、点々として、しだいに明るさをましてくる。

影と光

1

「松原さん、どうも不思議ですね。あなたがこのへんへいらっしゃると、いつも事件が起こるじゃありませんか」

薬子の家の待合室である。机をはさんで松原浩三と等々力警部、山口警部補の三人が、かなえの脚のかたちに座っている。

「あっはっは、さっき建部多門という男からもそういわれましたが、われながらちょっと驚いているんです。ぼくはきっと運がいいんですね」

松原浩三は三十二、三、背はあまり高くないが、がっちりとした体格の、色の浅黒い、目鼻立ちのかっきりとした、好感のもてる美男子だが、どこかすさんで、人を食ったところがある。

「運がいいって？」

等々力警部はおだやかな微笑をたたえているが、鋭い目つきが相手をとらえようとしている。

浩三はあいかわらずにやにやしながら、

「そうじゃありませんか。こんなこと、めったに得られる経験じゃありませんからね。ずたずたに切られた裸体の女に、落ち葉の底から犬にひきずり出された腐乱死体……新聞で読んでもゾクゾクするような事件だのに、そいつに自ら直面したんですからね」

「あなたのお宅は吉祥寺でしたね」

警部が突然話題をかえたが、

「ええ、そう」

と、浩三は平然としてタバコを吹かしている。

「奥さんやお子さんは……？」

「ありませんよ、そんなもの。一度女と同棲《どうせい》したことはありますけど、すぐけんか別れしちまったんでさあ。あっはっは」

「じゃ、いま下宿でも……」

「いいや、兄貴の家にいるんです」

「兄さんは何をなさるかたですか」

「兄貴ですか。兄貴はK銀行の相当いいところですね。金融ファッショというんですか。ちかごろ羽振りがよくてね、自動車で送り迎えの御身分ですよ。でも、どうしてそんなことお聞きになるんですか」

「いやあ、小説家というような人は、どういう生活をしてらっしゃるかと思ってね」

「あっはっは、まあ、くだらん生活をしてますよ。売れっ子はちがいますがね」

「五月二十六日の晩訪問されたこのさきの水谷啓助さんは売れっ子のようですね」

「あいつは景気いいですよ。ジャンジャン書いてますからね。作家もああ謹直にならんといかんな。ぼくみたいなのはだめです」

「そんなことはないでしょうが……ときに、松原さん」

「はあ」

「ここにちょっと妙なことがあるんですがねえ」

と、等々力警部は机の上から上体を乗りだした。

2

「妙なことって？」

「手袋のことですがね」

「手袋……？　手袋がどうかしたんですか」

浩三はけろりとしている。

警部にはちょっとこの男の正体がつかめなくなった。ある種の作家にありがちな、ひどく不健全で病的な感じがするかと思うと、それがまたひとつの魅力にもなっている。どこか憎めないのである。

「じつは、一昨日、ここの庭の片すみから、血に染まった手袋が発見されたんですがね。片っぽだけですけれど……その手袋の持ち主というのが、今日あなたに御苦労を願ったあの女性なんです」

「ああ、なるほど。手袋から足がついたというわけですな」

浩三は平然としてタバコの煙を輪に吹いている。山口警部補がその横顔をさっきからしつこく目で追うている。

「そうです、そうです。ところが、その手袋についちゃ、ちょっと妙なことがあるんです」

「また妙なことですか」

「そう。じつは、その手袋が発見された場所ですがね、そこは以前に刑事が何度も探したところで、一昨々日の晩までは絶対に手袋なんか落ちていなかったというんです」

「おやおや」

「何がおやおやですか」

「いや、だって、それじゃ今日の落ち葉だめの死体と、条件が同じになってくるじゃありませんか。あの死体も、先月の二十九日に調べたときには、あそこになかったというんでしょう」

等々力警部と山口警部補は、ぎょっとしたように顔見合わせた。ふたりともそこまでは考えていなかったとみえる。

「なるほど、なるほど」

　等々力警部はせわしくうなずきながら、探《さぐ》るように浩三の目をのぞきこんで、

「しかし、手袋についちゃわれわれはもっと軽く考えていたんですがね」

「軽く考えるというと……」

「つまりですな、あの現場へいちばんに駆けつけてきた人物が、計らずも血染めの手袋を発見した。その人物は、当然それを警官に手渡すべき義務があるにもかかわらず、なんというか、つまり猟奇の徒とでもいうんですか、好奇心の強い人物で、自分で探偵してみようなんて助平根性を起こして、一時手袋を着服……といっちゃおかしいが、かくしていたんですね。しかし、それじゃ良心にとがめてきたので、一昨々日の晩、こっそりかきねの外から手袋を投げこんでいった……と、こういうことになるんじゃないかと思うんですがね」

「ああ、なるほど」

　と、浩三はにっこり笑って、

「そんなことかも知れませんね。つまり、その人物というのは、ちょうどぼくみたいな野郎だとおっしゃりたいんでしょう。しかし、ぼくじゃありませんがね」

　浩三はけろりとしている。

3

等々力警部と山口警部補には、いよいよこの男の正体が捕捉《ほそく》しにくくなってきた。度胸がよいのか、ずうずうしいのか、それとも人を食っているのか……それでいて、にこにこ笑っている顔に、妙にひとをひきつける魅力がある。

警部はかるくせきをして、

「ところがねえ、松原さん」

「はあ」

「きょう野方署へ出頭してもらった婦人ですがね。あの婦人は、二十六日の晩、この家へやってきたことを認めているんです」

「なるほど。手袋をつきつけられたので、観念したというわけですか」

「いや、そういうわけでもないんですが、あの婦人のいうのに、その手袋が薬子さんの家の庭に落ちているはずがないというんです」

「それはまた、どうしてですか」

浩三の血の筋ににごった目がわらっている。何もかも知っていて、しらばくれている笑顔のようだ。

「あの婦人は犯罪の現場へ入ったことを認めてるんです。そして、そこらじゅうをさわってみたから、手袋に血がついたのはそのときだろう。しかし、急にこわくなったので外へとび出したが、そのときにはまだ手袋をぬぐひまもなかったというんです」

「なるほど。それはそれは……」

「ところが、外へとび出してから、手袋に血がついてるかも知れないということに気がついて、走りながらぬぎはじめた。ところが、向こうから男がひとりやってきたので、あわててあともどりをして、路地のなかへ駆けこんだが、手袋を落としたとすればそのときだろう、それが宇賀神の家の庭に落ちていたというのはふに落ちない、と、こういうんです」

「なるほど、それはそうですね」

「ところで、そのとき向こうからやってきた男というのが、すなわちあなただったのでしょう」

「それは……いや、そうかも知れませんね。婦人がひとりの男にしか出あわなかったとすれば……」

「ひとりだけだったそうですよ。とすると、どういうことになりますかね。やっぱり、あなたが手袋を拾っておいて……」

「いいえ。ところが、ぼくは手袋には一向気がつきませんでしたね。だれかあとから来たひとが拾って、血がついているものだから、この事件に関係があるんじゃないかと……」

「あっはっは、なるほどね」

警部はわらってあきらめたようにため息をついた。浩三はべつに得意そうな色もなく、

「ねえ、警部さん」

と、急に甘ったれた口調になり、

「ぼくは決してあなたがたの捜査のじゃまをしようというんじゃありませんよ。第一、ぼくなんかが何をしたって、そんなことで妨害されるようなあなたがたじゃないでしょうからね。だからね」

と、松原はちょっとはにかんで、

「ぼくが奈津女女史に興味を持ったって、つまり、ほれてモーションかけたところで、それ、捜査のじゃまということにはならないでしょう」

4

等々力警部はちらと山口警部補に目くばせした。警部補がいくらか色をなして、何かいいそうに見えたからである。

警部はしばらく探るように浩三の顔を見まもっていたが、急に、

「あっはっは」

と、わだかまりのない笑い声をあげると、

「それは、あなた、御自由ですよ。へんにあのひとに知恵をつけるようなまねさえなさらなければね」

「知恵をつけるたって、警部さん、ぼくは何も知恵をつけるような材料を持ちあわせてはおりませんからね」

「さあ、どうですかな。しかし、松原さん、あなた、ああいうのがいいですかね」

「そりゃ、警部さん、いいじゃありませんか。いつも夢見るような、うるんだような目の色をしてさ。霊媒……うっふ、すてきじゃありませんか。神秘的で、詩的で……ぼくもう、世のなかの散文的な女にゃあきあきしてしまいましたんでね」

「あっはっは、それじゃどうぞ、ひとつ腕によりをかけて、モーションをかけてごろうじろ。あなたのドン・ファンぶりを拝見といきましょう」

「ええ、どうぞ見ていてください。ぼく、そのほうにゃ相当自信があるんです。ところで、まだほかに何か……？」

等々力警部と山口警部補は、ちょっと目と目でうなずきあったのち、

「いや、どうも、御苦労さまでした。では、向こうへおいでになったら、建部多門氏にこちらへ来るようにおっしゃってください」

「承知しました」

浩三はかるく一礼して立ちあがると、障子を開いて廊下へ出たが、そこでちょっと立ち止まると、警部と警部補を見おろしながら、何か言おうか、言うまいかというふうに

にやにやしていたが、

「ねえ、警部さん」

と、急に声をひそめて、

「奈津女女史ね」

「はあ、奈津女女史が……？」

「あの人、とても魅力あるでしょう。それから、きょう、明治記念館から野方署へ出頭した女性もね。あのひと、どういうひとだか知りませんが、いずれ新聞見ればわかるでしょう」

「ええ、それは……しかし、それがどうかしましたか」

「だからさ、警部さん、それから警部補さんも……奈津女女史ね、それからきょうの女性ね、どっちも魅力があるでしょう。しかもね、あのふたり、環境がちがうがらなんですけど、なんだか、とてもこうよく似てるように思うんです。奈津女女史のほうが二つ三つ年うえのようですがね。あっはっは。では……」

飄々《ひょうひょう》と松原浩三の出ていったあとを、警部と警部補はいつまでもいつまでも見送っている。暗示的な浩三のいまの一言が、ふたりの頭のなかで、原子爆弾のキノコ雲のように、むくむくと不気味にひろがっていく。

5

「いったい、ありゃどういうんですか。あの男、何かもっと詳しい事情を知ってるんじゃないでしょうかねえ」

警部補がため息まじりにつぶやいたのは、浩三が出ていってから、よほどしばらくたってからのことだった。

「さあ、なんとも言えないね。あの男と話していると、影と光が交錯してるような気がするね。非常に高い英知と同時に、一方、救いようのない崩れたデカダンスを感ずるんだ。アプレともちがった……何かこう、口では言えない感じだな」

等々力警部も暗然とした顔色である。

「しかし、とにかく、手袋のからくりはあの男のしわざでしょうね」

「それはもう間違いないだろうな。小説家らしい好奇心から、自分で探ってみる気になったんだろうね」

「それにしても、滝川恭子と奈津女の相似に気がついたのは……？」

「君、似てると思うかね、あのふたり」

「似てますね、たしかに。あの男に言われなければ気がつかなかったでしょうがね。なにしろ、すっかり印象がちがうもんだから……警部さんはどうお思いですか」

「ぼくも似てると思う」

警部もポツリと雨垂れを落とすようにいった。

「だから、警部さん、あの男、何かもっと詳しい事情を……」

「山口君、とにかく、一応あの男のこともよく洗っておいてくれたまえ。今度は単なる参考人としてではなくてね」

「承知しました」

そこへ障子の外へ建部多門の姿が現れた。多門は白麻の着物に水色の袴をつけ、白の夏足袋をはいている。

「やあ、どうも、お呼び立てして……さ、どうぞお入りください」

警部は机のはしに両手をついて、ちょっと腰をうかせるようにする。

多門は陶器のように底光りのする目でぎろぎろふたりの顔を見ていたが、やがて、無言のまま部屋のなかへ入ってくると、いままで浩三の座っていた座布団を裏返しにして、横柄な態度でそこへ座った。

髪を総髪にしてのばしたり、長いあごひげをはやしたり、そういうところにもこの男の教養のほどがうかがわれるのだが、そうして警部や警部補を歯牙《しが》にもかけぬというように尊大にかまえた態度のなかに、浩三とはまたちがって、どこか鼻持ちのならぬほど下卑たところがあった。

警部はこん畜生と腹のなかでせせら笑いながら、それでもじっと多門の顔を見て、

「さて、ちょっとお尋ねしたいことがあるんですが。じつは、奈津女君の素姓ですがね」

この質問は明らかに相手の虚をついたとみえて、いままで尊大にかまえていた多門の態度に、一瞬がくりと崩れが見えた。

6

「奈津女の素姓……？　それはどういうのかな。あれの素姓が、こんどの事件に何か関係があるというのかな」

多門の目には明らかに警戒の色がうかんでいる。もったいぶって、横柄にかまえているときでも、下卑た色はかくしきれないのに、いちど虚勢がくずれると、その卑屈さと下品さはいよいよ鼻持ちがならなかった。

等々力警部はそのすきに切りこむように、

「いや、こういう事件の場合、関係者一同の生い立ちというか、素姓というか、そういうものを一応、調べられるものなら調べておいたほうが、何かにつけて都合がいいんでしてね。あのひと、たしか本名は横山夏子というんでしたね」

「ええ、そう。たしかにそうでした」

多門はちらっと白い歯を見せて、狡猾《こうかつ》そうな微笑をうかべた。ひょっとすると、何かうまい逃げ口上を見つけたのかも知れない。

「そうすると、両親は横山……？」

「いや。ところが、その横山というのも、あれの本当の名字ではないそうです。あれは幼いとき、生まれると間もなく、八王子在の横山という百姓の家へ里子……つまり、養女にやられたんですな。たしかそんな話でした」

「すると、本当の両親というのは……？」

「いや、それはわしも知らん。どうせ里子に出すくらいだから、何か家においては都合の悪い事情があったんでしょうな。横山の両親はむろん知っていたんでしょうが、案外口のかたい人たちだったとみえて、だれにもしゃべってなかった。だから、いまではちょっと調べる手づるがないんじゃないかな」

多門のくちびるにはあざけるような冷笑がうかんでいる。

「そうすると、横山の両親というのは……？」

「八王子の空襲の際、そろって死んだそうですよ。それで、横山の遠い親戚《しんせき》にあたる大西という百姓の家に引きとられていたのを、わしが、まあ、見つけ出したというわけです」

「あんたが見つけ出したというのは……？」

「つまり、あれに霊媒としての素質のあることを聞きこんだものだから、いってみたんだがね。そうするとなかなか有望なもんだから、引きとって薬子にあずけたというわけです」

「なるほど。じゃ、あのひとはずっと八王子に……？」

「ええ、そう。だけど、本当の両親について調べるんなら、八王子へ行ってもむだでしょうな。だれも知ってないようだから……」

やっと逃げ道を抜け出したキツネのように、多門は狡猾な目でわらっている。

それでも、警部は一応、大西という百姓の住所をひかえて、

「ときに、奈津女君をひきとったのは、いつ……」

「一昨年の秋でしたかな。ところが、だんだん薬子以上の素質を見せましてね。その点、薬子を失ったことは、わしとして別に痛痒《つうよう》は感じないんで。薬子は、むしろ奈津女に嫉《しっ》妬《と》して、あせってたようですな」

多門はそれから、急にとってつけたような高笑いの声をあげた。

7

漁色家らしい多門の顔は、笑うといっそう下卑ていやらしくなる。等々力警部と山口警部補は、一種の憎しみをおびた目でその顔を見まもりながら、

「どうかしましたか。これは爆笑するほどおかしい話題じゃないと思いますがね」

等々力警部の詰問に、

な」

「そりゃ持っていたろうよ。薬子ばかりじゃない、わしなんかも憎んでたな。あの娘はてんで心霊学というものを信用しないんだから無理もないが、そこへもってきて、おやじが薬子にうつつをぬかして、大金をつぎこみはじめたんだからな。なにしろ気の強い娘だよ。あれは……あっはっは」

多門はまた毒々しい声をあげて笑った。

9

多門のつぎに呼ばれたのは奈津女である。

奈津女は、ひっそりと机のまえに正座すると、両手をひざの上に組んで、警部や警部補の顔も見ずに、ある一点を凝視している。

なるほど、環境や教養の相違からくる印象では、恭子とかなり距離があるが、それを無視して観察すると、たしかに似ているのである。

奈津女は、警部の質問に対して、ひくい、抑揚のない声で答えたが、その内容は多門の答えとほとんど変わりはないから、ここに繰りかえさない。

警部はそこで質問の方向をかえて、

「ときに、滝川の娘の恭子さんのことだがね、君はあのひとをよく知ってるんだろうね」

「いいえ、かくべつよく知ってるというわけではございません」

「でも、あの手袋をすぐ滝川のお嬢さんのものだと認めたというじゃないか」

「はあ、あの、それは……あのかた、二、三度ここへ先生を訪ねていらっしゃったことがございますんです。最後におみえになったのは、先生がああいうことにおなりになる三日ほどまえのことでしたが、そのとき、ああいう手袋をはめていらっしゃったのを覚えていたものですから……それに、頭文字なども一致しますし……」

「滝川の娘は先生に、どんな用事があってやってきたの」

「さあ、それは……」

奈津女はちょっと言いしぶって、

「やはり、お父さんと別れてほしい……と、そういうふうなお話ではございませんでしたでしょうか。いつもお帰りのときには、かなり興奮していらっしゃいましたから。先生のほうでは鼻であしらっていられたようですが、それでも、最後に来られたときには、やはり相当あとで興奮していられたようでした」

そのとき山口警部補が口を出して、

「このまえ、滝川の主人と先生の関係を聞いた時には、君は言葉をにごしていたが、やはりふたりの間には肉体的な関係があったんだね。君のいう大先生は、はっきり滝川のめかけだったといっているが……」

奈津女はちょっと目をふせて、

「そういう話はあたしにはよくわかりませんが、やはりそういう関係はなかったんじゃないでしょうか。先生のほうではそうなることを望んでいられたようですが、滝川さんのほうで避けていられたような気がします」

警部と警部補は思わず顔を見合わせた。

「しかし、それじゃ、やはり単なる信仰という意味で滝川さんは先生を後援していたのかね」

奈津女はしばらくもじもじしていたが、

「あの……これはあたしだけの感じですから、大先生にもおっしゃらないで……うちの先生は、何か滝川さんの御主人の、秘密と申しますか、弱みと申しますか、そういうものを握っていられたんではないでしょうか。おふたりの顔色や態度から、そんな印象をうけたのですが……」

警部と警部補はまたぎょっと顔見合わせた。

10

「滝川の主人の秘密って、いったい、それはどういうことなの」

机から乗りだす警部の顔を、奈津女はちらりと上目で見て、

「いいえ、それは存じません。また、あたしのようなものにそれがわかったら、秘密でもなんでもないわけですから」

奈津女のいうのももっともだった。

「するとなにかね、君の先生は、滝川の主人の秘密を握っていて、それを種にゆすっていたというのかね」

「ゆする……？」

奈津女は驚いたように目をみはって、

「いいえ、あの、そんなふうには見えませんでした。先生は滝川さんの御主人をほんとうにしたっていられたようで、あのかたの奥さんにしていただきたかったのではないでしょうか」

警部と警部補はまた顔を見合わせる。

こうなってくると、滝川直衛と薬子の関係は、単なるだんなとめかけ、あるいは霊媒とその後援者という関係より、よほど複雑になってくる。薬子がいったいどのような秘密を握っていたのか知らないが、それは滝川の主人にとって、よほど致命的なものにちがいない。しかし、奈津女はいささかしゃべりすぎたことに気がついたのか、それ以上のことは、警部がどんなに尋ねても答えなかった。

警部はそこで質問の方向をかえて、

「ところで、今度は君自身のことだがね。いま建部氏から聞いたんだが、君は里子だったそうだね。じつの両親は知らないの？」

奈津女はびっくりしたように警部の顔を見詰めていたが、

「はあ、あの、存じません。あたしを育ててくれた養家の横山の両親というのが、とっても口の堅いひとでしたから……それに、戦災で急に亡くなったりしたものですから」

「しかし、このひとたちが、君のじつの両親でないことは、君も知っていたんだね」

「はい、存じておりました。いつとはなしに……」

最後に警部は言おうか言うまいかというふうに、しばらくちゅうちょしていたが、やがて思いきったように、

「これはね、答えたくなければ答えなくてもいいんだがね。建部氏は、君の先生とも、君とも関係があった、いや、君とはげんにあるといってるんだが、ほんとうだろうね」

奈津女のほおからさっと血の気がひいていった。くちびるがわなわなふるえて、目にいっぱい涙がうかんでくる。

「ああ、君、答えたくなければ」

「いいえ、それ、ほんとうでございます。あたし、大先生にどうされても、致し方がございませんの。あの方が救ってくださらなければ、立川へ出て、パンパンさんにでもならなければ……という場合でございましたから」

奈津女の両眼から滝のように涙があふれる。

霊媒の仮面を落とすと、奈津女も単なる弱い不幸な女に過ぎないようだ。

まんじ

1

霊媒殺しの容疑者として、日本橋でも有名な老舗《しにせ》、滝川呉服店の長女滝川恭子が浮きあがってきたこと、ならびに、かねて行方不明をつたえられていた宇賀神家の女中、藤本すみ江が、扼殺《やくさつ》死体となって宇賀神家の裏側の墓地から発見されたという事実が、大きく新聞につたえられてから五、六日のちの夜のこと。

まるでごみためをひっくりかえしたように乱雑をきわめた新宿駅西口の雑踏のなかを、なんとなくそわそわとした様子でやってきたのは、宇賀神家の書生、河村である。

時刻は九時半。おそらく、夜学のかえりであろう。手にビニールのバッグを持っている。

もうそろそろ入梅にちかいころのこととて、空はどんよりくもっているが、そのへんいったい、狭い道をなかにはさんで、片側にはバラックのマーケット、片側には屋台店の食べ物屋がずらりと店をならべ、明るいような暗いような、妙な表情を持った町をかたちづくっている。そのあいだを、電車が着くたびに吐き出される乗客が、ぞろぞろとつながるようにしていくのである。

河村はあいかわらず、落ち着きのない目つきできょろきょろあたりを見まわしながら、ひとにもまれて歩いていたが、向こうの道ばたに座っているいざり車を見ると、どきっとしたように足をとめた。

いざり車のそばには、今夜も蝶太がどんよりと濁った目をして立っている。右手におでんの串《くし》を握っていて、ときどき思い出したようにそれを口にはこぶ。この白痴にちかい少年の、いつも物忘れしたような表情は、妙に哀れを誘うのである。

さて、いざり車のなかに千代吉がひげだらけの顔で座っていることはいうまでもないが、そのまえにしゃがんで、のんきそうに話しかけているのは、なんと小説家の松原浩三ではないか。

それを見ると、書生の河村は、あわてて、かたわらの屋台店ののれんのなかへ首をつっこんだ。

その屋台店のなかには先客がひとり。よれよれのセルによれよれの袴《はかま》をはき、スズメの巣のような頭をした小柄で貧相な男が、目をしょぼしょぼさせながら、焼き鳥の串をほおばっていたが、河村の顔を見るとうれしそうににやっと笑った。

気味の悪い男である。

河村はなるべく顔をそむけるようにして、自分も焼き鳥を注文した。

「ねえ、本堂君」

いざり車のまえでは、浩三がのんきそうに話しかけている。

「へえ」

千代吉は浩三にもらったタバコをくゆらしながら、おりおりしり目で気味悪そうに、浩三の顔をぬすみ見る。

「君、どうしてひげをそらないの。ひげをそると、君は相当の男振りなんだがな。あっはっは」

千代吉は、相手の心を測りかねて、なんと返事をしてよいかわからない。

2

浩三はいたずらっぽい目をして、

「それにねえ、本堂君、君の言葉づかいなんかもね、君はよほど気をつけて、わざと下品な言葉をつかっているようだが、どうかするとお里が出るね」

千代吉はもう腹が出来ているらしく、うすら笑いをうかべて、

「へえ、お里が出るとは？」

「君はこんな商売往来にない商売をするひとじゃないね。相当、高い教育をうけてきたことだろう」

「あっはっは、とんでもない。だんな、買いかぶっちゃいけませんや」

「いいや、そうじゃないね。ぼくには君がどこか大きな家のだんなだった……と、そん

な気がしてならないんだ。君の態度や口のききかたには、どこかこう、ゆったりとしたところがあるからね」

「へ、へ、へ、へ」

千代吉は相手になるのもバカらしいというふうにうそぶいたが、そこへ、隣に店を出している大道易者が口をはさんだ。

「だんな、おまえさんのいうとおりだよ。わしも、この千代さんはただのネズミじゃないとにらんでいる。もとはきっと、れっきとしただんなだったにちがいないね」

「それごらん、すぐこういう賛成者があらわれる。十指のさすところ、十目の見るところというわけさ」

「先生、ごじょうだんをおっしゃっちゃいけませんや」

「いや、じょうだんじゃないな。ねえ、だんな、この千代さんはね、字なんかも上手に書きますし、それにね、英語やなんかも出来るらしいですよ。ベラベラがね」

「あっはっは、するとあっしゃだんなこじきか。じゃ、まあ、そういうことにしておきましょう」

「それに、このひとね」

と、易者は調子に乗ってなおも何かいいかけたが、そこへ見台のまえへひとが立ったので、急にもったいぶった顔にもどって、客のほうへ向きなおった。

「ねえ、だんな」

千代吉はひげだらけの顔でまじまじと浩三の顔色を見守りながら、

「あんたはどうしてこんなところをほっつきまわっていらっしゃるんです。やはり、小説の種さがしですか」

「あっはっは、小説は当分お休み」

「じゃ、またどうして？」

「なあにね、今夜はここの西口で、恋人と待ちあわせることになっているんだ」

「それはまあお楽しみで」

「うん、大いにお楽しみさあね。しかし、その時間にはまだ少し間があるんでね、君をちょっとからかってあげようと思って……ときに、本堂君」

と、浩三は急にまじめな顔をして、相手の顔をのぞきこむと、声をひそめて、

「君は宇賀神薬子とどんな関係があったの」

3

千代吉は無言のまま浩三の顔を見すえている。顔はなるほどひげだらけだが、大きくて、強い光をはなつ目は、物もらいの目ではなかった。底に知性をひそめて、しかも、暗い、悲しい影をやどしている。

「だんな、だしぬけにどうしてそんなことをおっしゃるんです」

千代吉の声は落ち着いていたが、それでも、さりげなくあたりを見まわすことを忘れない。

「あっはっは、驚いた。驚いたろう。本堂君、君がいまの質問となんの関係もないとしたら、もっとびっくりするのが本当だよ。君はあらかじめそういう質問が出やあしないかと覚悟していて、そんな場合、驚かないようにしようと用心していたんだろう。あっはっは」

自分の顔を穴のあくほど見つめている千代吉の強い視線をしり目にかけて、浩三はやおら立ち上がった。

「しかしねえ、本堂君、いま切り出した質問について、ぼくはまえから確信があったわけじゃないんだよ。ひょっとすると……という気持ちはあったがね。その確信がついたのは、今夜、たった今のことなのさ」

千代吉はなおも無言で浩三の顔を仰いでいる。うっかり口がきけないという顔色だ。

「じゃ、なぜ、今夜その確信がついたかというとね」

と、浩三はにやにやしながら、急に身をかがめて、千代吉の耳に口をよせると、

「宇賀神とこの書生がね、ぼくがここにいるのを見ると、あわてて向こうの焼き鳥屋へとびこんだんだ。あれ、君に用事があって来たんだろう。あっはっは」

今度こそ、ぎょっとしたように体をかたくしている千代吉をしり目にかけて、

「じゃ、今夜はこれで……坊や、おまえはいい子だなあ」

と、浩三はくりくり蝶太の頭をなでてやった。

「うん、うん」

かわいいが、表情の乏しい蝶太の顔に、うっすらと微笑がうかぶ。さっき手にしていた串ざしのおでんは、浩三にもらったものである。

浩三は、いざり車のまえを離れると、二、三間向こうの焼き鳥屋ののれんのあいだから首をつっこんで、ぽんと河村の肩をたたいた。

「あっはっは、河村君、おじゃましたね」

焼き鳥の串を横にくわえていた河村は、驚きのあまり、思わず串さきでのどをつきそうになった。顔が真っ青になり、手がわなわなふるえている。

「あっはっは、危ない、危ない。君、焼き鳥と心中しちゃいけないよ。じゃ、失敬」

浩三がのれんから首をひっこめると同時に、よれよれのセルによれよれの袴、スズメの巣のような頭をした男が、

「ぼ、ぼ、ぼくに、か、か、勘定を……」

と、いくらかせきこんで、どもった。

4

新宿駅の西口から、ごったがえすような小田急の出札口へ入っていくと、柱の影に女

がひとり、ハンカチを鼻と口とに押しあてて、人目をさけるように立っている。

浩三はそれを見るとうれしそうににやっとわらって、つかつかとそばへよっていった。

「すまん、すまん、つい道草を食ってたものだから……でも、やっぱり来てくれたじゃないか。ぼく、君が来てくれることに確信をもってたんだけどな」

女はまだハンカチを鼻と口に押しあてたまま、

「まあ」

というような目で浩三の顔を仰ぎ、それから気づかわしそうにあたりを見まわした。

宇賀神奈津女である。

霊媒という不可思議な職をしいられている奈津女は、おそらく婦人服というものを作ってもらえなかったのだろう。さりとて、目に立つ羽織袴《はおりはかま》でも来られないので、今夜の奈津女の服装は、じみな銘仙《めいせん》のあわせに、いかにも田舎くさい柄の帯を恥ずかしそうにしめている。

おそらく、八王子の農家にいるころ着ていたものだろう。

建部多門はこの娘に霊的エマナチオンを注ぐことにはやぶさかでなかったらしいが、衣装などを作ってやるには大いにやぶさかであったらしい。それとも、薬子の嫉妬をおそれたのか。

髪もオオクニヌシノミコト式はよして、ごくふつうの束髪にしている。

「君、きれいだよ。とっても魅力あるぜ、そのほうが……」

「いや」

奈津女はハンカチのおくで低く答えて、耳たぶを赤くした。

「しかし、奈津ちゃん」

と、浩三は改札口のうえにかかっている時計を見る。時刻はもう十時を過ぎている。

「いまから行くと泊まることになるけど、君、覚悟は出来てるだろうね」

「はい」

奈津女は真正面から浩三の目を見て、低いけれど、はっきりとした声で答えた。いまにも涙があふれそうな目つきである。

「ああ、そう、有り難う。それじゃ行こう」

浩三が出札口のほうへ行くあとから、奈津女はうつむきがちについていく。浩三の腰にすがりついていたいような奈津女のものごしが、なにかしら哀れであった。

「鶴巻《つるまき》二枚」

浩三が切符をもとめているあとから、男がひとりきてそばに立った。よれよれのセルに、よれよれの袴をはいた男である。浩三は、しかし、それがさっき焼き鳥屋にいた男とは気がつかなかった。

浩三と奈津女が改札口のほうへいくのを見送って、セルの男も、

「鶴巻一枚」

と、ひくい声で請求した。

5

プラットホームにはうまいぐあいに小田原行きが待っていた。まだ半分ほどしか客が乗っていなかったので、浩三も奈津女も楽に席がとれた。

セルの男もなに食わぬ顔をして奈津女の隣に席をしめると、ふところから夕刊を取り出してゆうゆうとひろげる。その男の顔には、ひどく驚いたという色と、この意外な成り行きが面白くてたまらぬという色が交錯している。

「君、手紙おいてきた?」

浩三が奈津女の耳に口をよせてささやいた。

「はあ」

「あいつ、いつ読むだろうな。驚くぜ、きっと……」

浩三はのんきらしく笑っているが、奈津女はちょっと青ざめる。

「わたしが今夜帰らないと、お常さんがきっと赤坂へ駆けつけるでしょう。それからあのひとが駆けつけてきて……」

「お常さんというのは……?」

「あのひとがよこしたひとです。河村さんとあたしのふたりきりじゃ、間違いがあるといけないと思ったんでしょう」

「あっはっは、番犬だね。それほど心配なら、どうして君を赤坂のほうへ引きとらないんだろう」

「あちらには瑞枝《みずえ》さんがいらっしゃいますから……」

「そのひと、どういうの、やはり霊……」

とういかけてあたりを見まわし、

「いや、あれなの？」

「いいえ、そうではございません」

「じゃ、ただのめかけ……？」

「ええ」

「その女が君にやきもちやくの？」

「いいえ、そんなかたじゃございませんの。とてもやさしい、おしとやかなかたで……」

「もとは何をしていたひとなの。芸者か何か……？」

「いいえ、どこかいいとこの奥さんだったと聞いております」

「それがどうして……？」

「さあ。そんなこと、ここでは……」

うつむきがちに話していた奈津女は、おそるおそる顔をあげて車内を見まわしたついでに、隣に座っているセルの男の横顔をぬすみ見るようにうかがった。

「ああ、ごめん、ごめん、もうそんな話はよそう」

だんだんひとが込んできて、やがて発車のベルが鳴り出した。

浩三はなにげなく窓から外を見ていたが、急にどきっとしたように目をみはり、それから急いで奈津女の耳にささやいた。

「外を見ちゃいけない。うつむいておいで」

奈津女はすぐその意味をさとったらしく、顔から血の気がひいていき、ひざにおいた手がぶるぶるふるえる。

さっきからふたりの会話に耳をすましていたセルの男が、さりげなく外を見ると、いましも改札口からあたふたと入ってくる男の姿が目にうつった。

建部多門である。

6

セルの男はぎょっとしたように息をのみ、隣の女に目をくれる。奈津女はふかくうなだれて、ひざの上でハンカチをもんでいる。ひざのふるえが袴をとおしてつたわってくる。

セルの男はまた窓外へ目をやった。建部多門は、後部のほうからせかせかと、ひとつひとつ窓をのぞきながらやってくる。セルの男は、だれかを待つように、突然、窓から身を乗りだしたが、それがちょうど奈津女のうしろ姿をかくすようなかっこうになった。そのすぐ鼻さきを多門の血走った目が通りすぎる。多門はいちばんまえの車までいって、それからまた引きかえしてきたが、そのとき発車の合図があって、電車がごとごと動き出した。

多門はプラットホームにのこったまま、出ていく電車を見送っていたが、すぐきびすをかえすと、向こうのプラットホームにとまっている登戸行きの電車のほうへせかせか行った。

セルの男のまえに立っている会社員ふうの男が、あざわらうように、

「あのひげのじじい、どうしたのかな。また、あっちの電車の窓から窓へと、気ちがいみたいにのぞいているじゃありませんか」

と、つり革にぶらさがったまま、セルの男の頭の上から、遠ざかっていくプラットホームを見ながらつぶやいた。

「あっはっは、きっと、女にでも逃げられたんでしょうよ」

セルの男は、それからやおら向きなおって、ひざのうえの新聞を取りあげてひろげた。浩三はその言葉に安心したのか、窓からちょっと首をのぞけて外を見ていたが、やがてほっとしたように女の耳に何かささやく。

とたんに、がっくり奈津女のからだから緊張がほぐれて、からだ全体で泣いているようなのがセルの男にもハッキリわかった。

奈津女は自分のうしろ姿をかくしてくれたセルの男にちらと感謝の目をむけたが、その男はもう落ち着きはらって、夕刊のなかに顔を埋めた。

電車はしだいにスピードをまして、車輪の音が高くなる。

「あのひとだったの」

浩三の耳にしかとどかない声で奈津女が尋ねる。

「そう、危ないところだ。今夜、野方へきたとみえるね」

「あたしがこんな服装で出かけたもんだから、きっとお常さんが電話をかけたのよ」

「ああ、そうか。しかし、この線だとどうしてわかったのかな」

「さあ……大丈夫……？」

奈津女の声がまたふるえる。

「大丈夫さ。行く手には箱根もあれば熱海もある。手紙にはぼくのことを書いておいたの」

「いいえ、ただおひまをいただきたいって」

「じゃ、なおのことさ。心配することたあないよ」

「そうね」

奈津女はため息をついて、

「どっちだっていいわ」

それから、はじめて涙にうるんだ目を浩三にむけて、にっこり笑った。

7

「ちゃん、雨が降ってきたよう」

浩三と奈津女、さらにそのふたりを追ってセルの男が小田急で鶴巻温泉へむかったころ、新宿駅の西口では、蝶太が暗い空を見あげて、心細そうにつぶやいた。

「ああ、ほんとだ、ほんとだ。先生、こりゃ本降りになるかな」

隣に店を出している大道易者も、暗い空を見上げて、

「そうさな。季節が季節だからな。しかし、このぶんじゃ大したことはあるまいよ」

片手をあげて雨をうける易者の手のひらに、霧のように細かい雨が降りしきる。

「しかし、おまえさんは子供づれだから、そろそろ引きあげたほうがいいかもしれない。いつまでも立たしておいちゃかわいそうだ」

「うん、そうしよう。蝶太、そろそろ帰るべえ」

さっきから人待ち顔にねばっていた千代吉は、もう一度あたりを見まわしたのち、あきらめたように身づくろいをして立ちあがる。この男はまったくのいざりではないのだが、左の足がおがらのようになえているので、一本のステッキでは歩けない。松葉づえでやっとよちよち歩ける程度だから、遠距離の歩行はおぼつかない。

「千代さん、車はそのままにしておきな。あとでわしが片づけてやる」

千代吉のいざり車は、近所の店にあずけることになっているのだ。

「すみません。じゃ、またひとつ頼みます。先生、おまえさんも早じまいにしなせえ」

「あいよ。蝶太よう、バスから降りたら、またちゃんの車、引いてやるんだぞう」

「うう、うう」

「こんながきでも、ないよりはましだ。犬のかわりくらいにはなりますんでね」

「そんなかわいそうなことというもんじゃない。すなおで、いい子だあね」

「まあ、すなおで体の達者なことだけが取り柄でさあね。じゃ、蝶太、行こう」

バスの停留場までくると、いいぐあいにバスが来て待っていた。蝶太に手を引いてもらって、やっとバスに乗りこむと、なじみとみえて運転手が、

「おや、千代さん、今夜はえらくねばっていたんだね」

「へえ、もう、不景気なもんですから……」

物もらいとはいえ、粗末ながらもこざっぱりとした服装をしているので、ひとに不快感をあたえるようなことはない。

「蝶ちゃん、こっちへ来てかけなさい。あんたは立ちん坊だからくたびれるでしょう。バスをおりるとまた車を引くのね」

と、女の車掌もふびんがる。

「うう、うう」

蝶太が父とならんで腰をおろしたところへ、五、六人の客のあとから、河村がすまし

て乗り込んできた。その河村のしりをおすようにして乗り込んだのは、滝川恭子と結婚するはずだった植村欣之助である。

8

野方のちかくでバスをおりると、霧雨はもうやんでいた。千代吉や蝶太といっしょにバスをおりた河村は、ふたりには目もくれず、そのままさっさと暗い夜道へ消えていく。千代吉もそのほうへは目もくれず、バスの停留場のちかくにある倉庫をひらいて、いざり車をひっぱり出した。それは隣の酒屋の倉庫だが、千代吉はそこへ車をあずけているのである。酒屋はもうしまっているので、千代吉は念入りに倉庫の錠にカギをおろすと、いざり車のカンテラの灯をともして、

「蝶太や、頼むぞよう」

「うう、うう」

千代吉は、いざり車にあぐらをかくと、松葉づえをかたわきにおき、そのかわりに太いつえを取りあげる。それで車をこぐことによって、いくらかでも蝶太の労を助けようというのである。

やがて、蝶太に綱をひかれて、いざり車がぎちぎちときしり出す。

「蝶太よう」

「うう、うん？」

「きょうはのう、お寺のまえの道をいこう」

「うう、うう、だって、ちゃん」

蝶太はベソをかくような声である。

「だっての、蝶太よ、いちばんこっちの道は石ころだらけだし、いつもの道は、ほら、こないだの晩、人殺しがあったろうがな。あの道のほうがよっぽどこわいぞや、のう」

「うう、うう」

蝶太はしかたなしにうなずいた。

やがて、いざり車は、いちばん寂しい墓地のまえの道にさしかかる。蝶太は、このあいだ、この墓地のおくから女の死体が掘り出されたことを知らない。

「蝶太や、ちょっと車をとめてくれろ」

「ちゃん、ど、ど、どういう……？」

蝶太はいまにも泣き出しそうな声である。そこは蝶太にとっていちばん苦手の場所なのだ。いまは真っ暗だからわからないけれど、左側に白いお墓がならんでいることを知っている。それに、あの大ケヤキがお化けみたいに見えるではないか。

「ううん、ちょっとタバコを吸うからの」

道の前後を見まわしたのち、カンテラを手もとに引きよせて、千代吉がポケットから取り出したのは、細かく折った紙片である。さっきバスのなかで、河村が千代吉のポケットにすべりこませたものなのだ。

千代吉はカンテラの灯の下でそれを開いた。短い文章だから、ひとめで読める。読みおわって、引き裂こうとしているところへ、

「ちょっとタバコの火をかしてください」

と、だしぬけに声をかけてよってきたものがある。千代吉はぎくっとしたひょうしに、手にした紙片を車のなかへ取りおとした。

と、そのとたん、タバコをくわえて身をかがめてきた男が、いきなりその紙片を取りあげると、いま千代吉のいざり車がやってきた方角へ、一目散に逃げ出した。いうまでもなく、植村欣之助である。

千代吉はぼうぜんとして、うしろ姿を見送っている。

金田一耕助

1

夜が明けると、外は霧のような雨になっていた。

まだ眠っている男をあとにのこして、こっそりと座敷をぬけてつぎの間へ出た奈津女

が手早く着物を着かえ、鏡台にかけてあった手ぬぐいをとり、縁側から渡り廊下へさしかかると、ゆうべ顔見知りになった女中に出あった。

「お早うございます」

「お早うございます」

奈津女は顔から火が出るような感じである。

「だんなさまはまだおやすみでございますか」

「ええ、まだ……もう少しあのままにしておいてあげてください」

「承知しました」

「おふろは……？」

「さあ、どうぞ。ゆうべのところがあいておりましたようで」

ゆうべ浩三といっしょに入った湯殿の表に「使用中」の札をかけ、脱衣場に着物をぬいで、逃げこむように浴場へ入ると、きれいな湯がさらさらと浴槽《よくそう》からあふれている。ざあっ！　と湯のあふれる音にも心をおいて、浴槽へ身をしずめると、いくらかつかれのこった皮膚に、少し熱すぎるかと思われる湯の気が、痛いほどしみとおる。

奈津女は浴槽のなかに脚をのばして、湯のなかにすけてみえる白い裸身を、しみじみとした目で見まわした。

もう自分は、きのうまでの自分ではない。自分の体内には、あのひとの血がまじっているのだ。

そのことが、自分の将来にどのような影響をもたらしてくるか……などと、いまの奈津女は考えない。ただ、むやみに自分というものがいじらしい。

そのいじらしさは、建部多門の暴力に屈したあとのいじらしさとはまた違っている。あのときは、くやしいとか、悲しいとかを考えるまえに、自分というものがこの世からなくなってしまったようなわびしい虚無感におそわれた。

しかし、いまはちがう。

むやみに自分がいじらしく、どうかすると涙があふれそうになるのだけれど、その涙のなかに、ほのぼのとした幸福をかんじている。

いままで、不幸に慣らされてきた奈津女は、この幸福が正常なものでなく、また、長つづきするものでないことを知りながら、それでもよい、このつかの間の幸福にひたっていたい気持ちでいっぱいなのだ。

湯殿の外にひたひたと廊下にすいつくような足音がきこえ、

「夏子」

と、ひくく呼ぶ浩三の声がきこえた。

「はい」

「やっぱりここだったね。入ってもいいだろう」

がらりと脱衣場の戸をひらき、ふたたびそれを締めて、なかからがちゃりと掛け金をかける音をきいたとき、奈津女はゆうべの異様なまでにはげしい男の抱擁を思い出していた。

2

「あっはっは、バカだなあ。おれが来たからって、出なくったっていいじゃないか」

「あら、だって……」

「いいから入っておいで。おい、この湯、熱いじゃないか。うめておくれよ」

「ええ」

奈津女は出るに出られなくなって、浴槽に身をしずめたまま蛇口《じゃぐち》をひねる。出来るだけたくましい男の体から目をそらせるようにしているのである。

浩三は口中を歯みがきだらけにしながら、

「やっぱり本降りになってきたね」

「そうねえ」

いままで霧のように降っていた雨が、にわかに強く、浴槽の窓を暗くしているアオギリの葉を鳴らして降りはじめた。

「まあいいや、このほうがおちついていいだろう」

と、自分も浴槽に身をしずめると、

「おい、もっとこっちへおいでよ」

「あら、だって……」

「あっはっは、変な子だねえ。どうしておれの顔まともに見れないの」

「知らない」

奈津女の耳たぶが赤くなる。

「あっはっは」

浩三は屈託のない笑い声をあげる。こういう朝の、だれでもが感ずるようなばつの悪さを、浩三は全然無視しているようだ。

「ねえ、夏子、妙なことがあるよ」

「妙なことって？」

「ゆうべ新宿を出るときね、おまえのまえに立っていた会社員ふうの男があったろう。ほら、おまえの大好きな多門さんのことをあざわらっていた男さ」

「ええ。あのひとがどうかして？」

「いまここへ来る途中の廊下で、ちらと姿を見かけたぜ」

「まあ」

奈津女は、大きくみはった目で、はじめて浩三の顔をまともに見る。ひとみが少しふるえている。

「それ、どういうんですの」

「なあに、刑事さあね」

浩三はのんきらしく湯をつかいながら、こともなげにいいはなつ。

「まあ、それじゃあたしたち引っ張られるんですの」

「そんなこと出来やしないさ。でも、ここ当分、刑事の尾行なしにゃどこへも行けない。それくらいのことは覚悟してなきゃいけないよ」

「だって、あたし、何も……」

「あっはっは、バカだねえ。何も心配するこたあないんだよ。さ、いい子だから、こっちへおより」

「ええ」

奈津女は何者かに追われるように、浩三のほうへにじりよる。浩三がその体を抱きすくめるとき、はげしい音をたてて湯があふれた。

3

朝飯をすませたのち、鏡台にむかって宿から借りた安全かみそりでひげをそりながら、浩三は鏡のなかにうつっている奈津女に話しかけている。

「夏子、どうする？　もうひと晩、ここに泊まる？　それとも、箱根か熱海へいこうか」

座敷で新聞に目をおとしていた奈津女は、顔をあげて、縁側の外にけむっている雨脚

を見て、

「そうねえ。あたし、どっちだっていいのよ」

そういいながら、みすぼらしい自分の服装に目をおとしたが、すぐまたその目を新聞に落とした。浩三は鏡のなかでそれを見て、ふっと哀れを催したように、

「ああ、そうだ。それより、東京へかえろう。おまえも着たきりスズメじゃ仕方がないからね」

「ええ。でも、かえるったって……？」

「大丈夫、おまえの落ち着くところ、ちゃんとこさえておいてやったよ。当分そこにいるんだね。さきのことはまたさきのこととさあね」

「ええ……」

奈津女は煮えきらぬ返事である。

「どうしたの？　東京へかえるのいや？　ああ、多門さんが怖いんだね」

奈津女はうなだれたまま、しばらく返事をしなかったが、やがてポトリとひざに涙をおとすと、

「あたし、このままあなたとどこかへ行ってしまいたい」

あわててハンカチで目をおさえると、声をのんで、はげしく泣き出した。

浩三は複雑な目の色で、鏡のなかではげしく動揺している女の肩を見つめていたが、やがてタオルで顔をふいて立ち上がると、奈津女のそばへやってきて、そっと肩を抱い

てやった。

「およし。宿のものに聞かれると、心中とまちがえられるよ」

奈津女は浩三の胸に顔をうずめて、

「あたし、死んでしまいたい！」

「バカだねえ。そんなに多門が怖いの？」

「いや！　あのひとのことはいわないで」

「ああ、そうか、そうか。よしよし。いい子だから、泣くのはおやめ。それより、おまえの身のふりかたを考えよう」

「そんなこと、どっちだっていいわ」

「そんなやけを起こしちゃいけない。まあ、お聞き、聞いてるね」

奈津女がふしょうぶしょうにうなずくと、

「そう、有り難う。おまえを預けようというのはね、二年まえに、ちょうどおまえくらいの年ごろの娘をなくした御婦人でね、そのひと、昔からとてもおれをかわいがってくれるのさ。で、今度もおまえのことを話した……といっても、おまえが宇賀神のうちにいたってことは言ってない。おれの恋人だけど、行くところのない気の毒な人だと言ってある。そしたら、喜んで預かるというんだがね。とにかく、とても親切ないい人だから、心配することはないんだよ。おれのいうとおりしておくれ。ね、してくれるだろうね」

奈津女がなんとも返事をしないうちに、縁側に足音がちかづいてきた。

4

「あの……このかたがちょっとお目にかかりたいとおっしゃるんですが……」

向こうをむいてうなだれている奈津女の後ろ姿を怪しむように見ながら女中の差し出す名刺を見ると、『金田一耕助』と、ただそれだけ。肩書きもなければ住所もない。浩三は不思議そうにふっとまゆをひそめる。刑事ならば肩書きが入っているはずである。

「あの……御無理にとはおっしゃらないそうですが、会っていただければたいへん有り難いとおっしゃるんですけれど……」

「ああ、そう。では、どうぞといってください」

「承知しました」

女中が行くと、奈津女がそっと振り返って、

「警察のひと……?」

「さあ、どうだか。おまえ、こういうひと知っている?」

浩三の差し出す名刺に目を落として、奈津女は首を横に振った。

「どういうのかな。まあいいや、会ってみればわかることだ」

浩三がちゃぶ台の上に投げ出してあったピースの箱からタバコを一本抜きとるところへ、女中に案内されてやってきた男を見て、奈津女は思わず目をみはった。ゆうべ、新

宿駅で多門の目から自分をかばってくれた男である。

「ぼく、金田一耕助です。突然押しかけてきて失礼します」

いくらかどもりがちにあいさつをする相手の風体に、浩三も思わず目をみはる。よれよれのセルによれよれの袴、スズメの巣のような頭をしたその風体は、あまりにも浩三の予想とかけ離れている。

「いや、失礼しました。ぼく、松原浩三です。さ、どうぞ」

金田一耕助がひざをすすめているあいだに、奈津女が浩三のそばへよってきて、何か耳打ちをする。

「えっ、あっ、そう、そうなの。それはそれは……」

と、浩三はまた目をまるくして、探るように相手の顔を見まもりながら、

「どうも失礼しました。ゆうべこれがお助け頂いたそうで……いや、どうも有り難うございました」

ぺこりと頭をさげる浩三と奈津女の顔を、金田一耕助はにこにこと、ひとなつこい微笑で見くらべながら、

「いやあ、偶然、ああいうことになったんですがね。あっはっは」

と、とぼけたような笑いかたである。

「で、どういう御用でしょうか。あなた、やはり警察のかたで……」

松原浩三はまだ、この金田一耕助というのが有名な私立探偵であることを知っていな

い。

5

「いいえ、ぼく、警察のものじゃありません。しかし、まんざら関係がないこともないんです」

「というと……？」

「つまり、依頼人の依頼によって、こういう事件を調査し、真相をつきとめることをもって職業としているもんなんですな。てっとりばやくいえば、私立探偵というやつです。あっはっは」

金田一耕助はのんきそうに笑っている。浩三は目をみはって、しばらく口も利《き》けなかった。

よれよれのセルによれよれの袴、スズメの巣のような頭をしたこの貧相な男が私立探偵だって？　こんな男に事件の調査が出来るのか。こんな男に出来るくらいなら、自分にだって出来そうだ……。

「それは、それは……いや、これは失礼しました。それで、何かわたしにお聞きになりたいことでも……」

「ええ、ちょっと……しかし、そのまえに御忠告申し上げますが、あなた、刑事が尾行していることを御存じでしょう」

「ええ、存じております」

「それじゃあね、一応、東京へおかえりになったほうがいいように思うんですよ。尾行つきで旅行したって、面白くもおかしくもないじゃございませんか。宿のものに変な目で見られるばかりですよ」

「いや、御忠告有り難うございます。じつは、いまその話をしていたところなんです」

「ああ、そう。それじゃよけいな差し出口でしたね」

金田一耕助は、ちょっとてれたように、奈津女のくんで出した茶を口へはこんだ。

「それについて、金田一さん、ひとつあなたにお願いがあるんですが」

「はあ、どういうことですか」

「このひと、東京へかえっても、もとの家へはかえれません。そのことはあなたにもおわかりと存じます。ゆうべ、これをかばってくだすったくらいだから……」

「ああ、なるほど。それで……？」

「それで、じつはこのひとをあずける場所をこさえてあるんです。その場所は、どうせ尾行していらっしゃればわかることですから、ここでは申しませんが、われわれ逃げもかくれもいたしません。ただ、お願いというのは、その場所をあっちのほうへ、つまり建部多門のほうへ知らせないようにしていただきたいのですが……」

「ああ、なるほど、わかりました」

金田一耕助はにこにことうなずきながら、

「そのことなら、ぼく、今度の事件を担当している等々力警部をよく知っておりますから、つたえておきましょう。なに、捜査に支障がなければいいんですから、いちいち関係者の居どころをほかの関係者につたえることもございますまいよ」

「有り難うございます」

浩三はぺこりとお辞儀をして、

「それで、わたしにお聞きになりたいとおっしゃるのは……？」

6

「ああ、それはね、このかたのことですが……」

と、金田一耕助は奈津女のほうへ目をやって、

「あなたはこのかたを以前から……というのは、今度の事件の起こるまえから、御懇意だったんですか」

「ああ、そのこと……」

と、浩三はちゃぶ台から乗り出して、

「いや、知ってるってほどではないが、二、三度会ったことはあるんです。これはまえにも警察のかたに申し上げたんだが、ぼくの先輩……やはり小説を書くひとですが、そ

のひとが心霊術に興味をもって、よく建部多門や殺された薬子を呼んで実験をやったんです。ぼくも二、三度招かれて顔を出したんですが、そのとき、このひとに会ってるわけです。このひと、薬子の助手をつとめておりましたからね。しかし、このひとのほうでは、ぼくに気がつかなかったといってます。無理もないので、いつも相当大勢の客があり、若輩のぼくなど口を出すチャンスはありませんからね」

「なるほど。それじゃ、今度の事件が起こってから、このかたに興味を持たれたわけですな」

「そうです。そうです」

浩三はうれしそうに笑いながら、

「ぼく、ちょっと助平根性を起こしちゃってね。じぶんでこの事件を捜査してみようなあんてね。それで、事件以来、宇賀神の家のまわりをうろうろしてるうちに、このひとに心をひかれたってわけです。このひと、このとおりきれいでしょう。魅力あるでしょう。こんなひとをね、建部多門みたいなやつのえじきにしとく手ないってね、義憤もてつだったわけでさあね」

浩三はしゃあしゃあとして、タバコの煙を輪に吹いている。

金田一耕助はあいかわらずにこにこしながら、

「あなた警部さんのまえで、そのことを宣言なすったそうですね、きっとこのかたを射落としてみせるって」

「まあ……」

と、奈津女は目をみはり、ちょっとほおをこわばらせる。

「ええ、いいましたよ。捜査の妨害をするなんて、誤解されるのいやですからね。だけど、このひと、相当てこずらせたんですよ。よっぽど多門が怖いんですな。いままでこんなにてこずらせた女はなかったな。あっはっは」

奈津女が涙ぐむのを見て、

「ごめん、ごめん、おこっちゃいけないよ。おれはおまえをおもちゃにしてるんじゃないんだ。勘違いしちゃ困るぜ」

「あたし、おもちゃになってるんでもいいんです。あんなやつにおもちゃにされるくらいなら……」

うつむいた奈津女の目から、ポトリと涙がひざのうえに落ちる。

7

「しかし、ねえ、松原さん」

「はあ」

「このことね、このかたをあなたに奪われたってことね、建部氏にとっちゃ大打撃ですよ。薬子女史はあんなことになるし、いままたこのひとがいなくなっちゃ、商売も出来なくなるじゃありませんか。霊媒がいなくて、なんの心霊術ぞやですからね」

「あっはっは、そういえばそうですね。色と欲との両面にかけての打撃ってことになりますかね。だけど、いいじゃありませんか、そんなこと……女にほれるのに、いちいちひとのふところを勘定してるわけにゃいきませんからね」

と、いいながら、気がついたように、

「しかし、あなた、まさかあの男の依頼では……？」

「いいえ、それはそうではありません。ぼくのは別の方面からです」

「だろうと思ってました。ゆうべこれをあの男の目からかばってくだすったくらいですからね。それじゃ、滝川家のほうの……？」

「いや、それは言わないことになっております。かくしたって見当はおつきでしょうが……」

「ああ、そう、それは失礼しました。それで、何かほかに……」

「ああ、これは奈津女さんにおうかがいしたいのですが……」

「はあ……」

奈津女はちょっと堅くなる。

「赤坂の建部氏の家に、瑞枝さんてきれいなひとがいるでしょう。あのひとは建部氏の……どういうんですか」

「はあ、あのかた……」

奈津女はほおをあからめて、

「あのかたはほんとうにお気の毒なかたです。よいとこの奥さんで、お子さんもおありだったと聞いております。あたしにしじゅう早く逃げなさいって忠告してくだすったんです。ぐずぐずしてると自分みたいになってしまうって……」

「自分みたいになるとは……？」

「はあ、あの……」

奈津女はいよいよほおをあからめて、

「あのかた、あの男を憎んでるんです。とても憎んでるんです。それでいて、あの男から離れられなくなってるんですって。あの男の魔力にひきずられて……」

「あっはっは、肉体の魔力というやつだね」

浩三はおもしろそうに、

「それじゃ、おまえもそうなりかけたの」

「知らない！」

うつむいた奈津女の耳が火のついたように赤くなる。

「あっはっは、するとなんですな、ここで瑞枝ってひとに逃げられでもしたら、建部氏にとっちゃいよいよ大打撃ですな。あのひと、霊媒こそやらないが、建部氏の仕事のある方面を相当てつだっているようだから……いや、どうも失礼しました。それではこれで……」

しくしくと泣き出す蝶太の声に、女はむこうをむいたまま、ちょっと目をうるませる。

「うそなどつくもんか、のう、蝶太よう。このかたがおまえのおっかさんじゃないか」

「あら」

と、振りかえる瑞枝の目に、千代吉は哀願するような目くばせをして、

「申し訳ございませんが、ちょっとだけ……泣き出すときりがないもんですから」

「はあ、あの、でも……」

「お願いです。どうぞ、どうぞ。蝶太よ、ほらな、このきれいなかたが、おまえのおっかさんだよ。なあ、ちょっと手をひいていただけ」

「ちゃん、それ、ほんとう?」

蝶太が目をまるくし、息をはずませ、それから急に千代吉のうしろへかくれるのを見て、瑞枝は千代吉と目を見あわせる。その千代吉の目がしっとりとぬれているのを見て、瑞枝はにっこり笑った。

「あら、坊や、だめじゃないの。さあ、こちらへいらっしゃい。おっかさんにあって、はにかんだりしちゃいやあよ」

「うう、うう」

「それ、見ろ。おっかさんが手をひいてくださる。早くそばへ行かないか」

「うう、うう」

乏しい表情のうちにも、満面が笑みくずれるのを見て、瑞枝はハンカチで目をおさえる。

3

心霊術師の建部多門は、心霊術のほかに一種の祈禱《きとう》みたいなこともやるのである。いや、心霊術よりも、この怪しげな祈禱のほうが、多門の重大な収入のみちとなっているようだ。建部多門もまた、戦後はやる何々教祖というようなもののひとりであるらしい。

その多門に千代吉と蝶太を引きあわせておいて、自分の部屋へさがった瑞枝は、しばらく涙がとまらぬ模様である。

瑞枝にはかつて夫もあり子供もあった。その子供は、生きていればちょうど蝶太の年ごろであろう。その夫と子供をふりすてて瑞枝が多門のもとに走ったのは、かれの吐く妖気《ようき》にあてられたからである。

クモの巣にひっかかった哀れなチョウが、必死となってもがきながらも、クモの吐く糸にがんじがらめにしばられて、やがてえじきになるように、瑞枝もはじめは多門の毒手からのがれようとして、必死となってもがいた。あがいた。しかし、多門の吐く毒気は、いつか瑞枝を金縛りにして、気がついたときにはもう取りかえしのつかぬ体になっていた。瑞枝の良心はおのれを責めてやまなかったが、しかも瑞枝の体は、いちど触れた多門の肉体にひきずられずにはいられなかった。結局、彼女は夫と子供を振りすてて、多門のもとへ走らざるをえなかったのである。

瑞枝は、その当時からいまにいたるまで、多門を憎みつづけている。しかし、瑞枝の体はもう多門なしには生きていけなくなっている。瑞枝はそのことを、あさましく、情けなく思う。何度か死を決したこともある。しかし、その勇気もなく、ずるずると多門の肉体に引きずられている瑞枝なのだ。

いつかクモのために、すっかり精血を吸いとられ、セミの抜けがらのようになった体を惜しげもなく捨てられるとは知りながら……。

瑞枝は二、三、そういう女を知っている。彼女たちは抜けがらのようになった体で、しかもなお多門を求め、多門にあやつられているのである。

瑞枝はいつか自分もああなるであろうことを知りながら、しかもなお、多門のもとを離れることが出来ないのだ。つまり、彼女は、いま悪夢のなかに、悪夢のような快楽《けらく》を強いられているのである。

その瑞枝は、きょう久しぶりに、悪夢から呼びさまされた。呼びもどしたのは蝶太である。

蝶太がふつうの子供でなく、白痴にちかい子供だけに、そのひとすじに母を慕う哀れさが身にしみて、瑞枝は久しく眠っていた母性を呼び起こされ、はっと自分の体のなかを見まわすのだ。

「おっかあ、おっかあ」

多門の祈禱《きとう》が終わったのか、玄関のほうで蝶太の泣き声がする。

「ちゃん、おっかあはどこへ行ったのよう。おっかあ、また蝶太をおいて、どこかへ逃げたのう」

それを聞くと、瑞枝は手早く涙をふいて玄関へ走った。

4

玄関には薄っぺらな紋付きを着た多門の書生が、横柄な態度で千代吉と蝶太を送り出しているところである。

千代吉は瑞枝の姿を見つけると、感謝の微笑をむけて、

「ほら、ほら、蝶太よ。おっかさんがいらっした。おっかさんがあそこへいらっした。泣くんじゃねえぞ、よう」

「うう、うう」

蝶太も瑞枝の顔を見ると、いまべそをかいていた顔が満面に笑みくずれて、しかし、子供らしいはにかみから父の腰にしがみつく。

「ほっほっほ、いやな坊やねえ。さあ、おっかさんに顔を見せなさい。そして、きょうはおとなしくかえるのよ。そのうちにまた……？」

と、瑞枝は千代吉の顔を見る。

「はい、先生が明後日また来るようにとおっしゃってくださいましたから……」

「つまらんことをいうな。まあいい、まあいい。あとでゆっくり相談しよう」

多門は、ふすまの外へ出ると、そこに脱ぎすててあった羽織をひっかけた。

座敷へくると、恭子がこわばった顔をして机のまえに座っている。全身の線が彫像のように固く、血の気のない顔は蠟《ろう》のように青ざめている。恭子は警察へとめられはしなかったけれど、厳重な監視のもとにおかれているのである。

「やあ、恭子さん、よう来たな」

と、多門は机のまえにどかっと座って、

「わしの手紙、見てくれたろうな」

「はい」

恭子の声は氷のようにつめたい。

「あの条件を承知のうえで来たのかね」

「はい」

いままでほかへそらしていた視線を、真正面から多門のほうへうつすと、恭子はきっぱりといいきった。

「あっはっは、それはまあ、よう覚悟しなすった」

あざわらうような多門の声を耳にもかけず、

「そのかわり、あれを返していただきます。フィルムごと」

恭子の声は血も涙もかれはてたもののようにつめたい。

8

「うむ、それはもちろん。わしは約束を破ったりしやせん。それで、いつ……？」

「いつでも……いまでもよろしゅうございます」

死を決したもののような恭子の目を、多門はにやにやしながら見返していたが、

「いや、きょうはよそう」

と、うそぶくようにいう。

「どうしてですか」

恭子の顔にはほっとしたように緊張がゆるむと同時に、また不安の色が交錯する。

「あんた、きょう、うちからまっすぐここへ来なすったのかな」

「はい」

「それじゃなおのことだ。たぶん、刑事がつけてきて表に待っていよう。あまり長くなると、なんとかきっと声をかけるだろう。落ち着いて話も出来やあせん。せっかくあんたが決心して、いいものをわしに下さろうというのに、それじゃ味わいが薄いからな。あっはっは」

からかうように笑う多門の顔を、恭子はまじろぎもせず見つめている。

「それに、このうちじゃちょっとまずいこともある。どこかほかで会いたいが、あんた

刑事をまく腕がおありかな」

「なんとか、それはまいてみましょう」

「ああ、そう。あんたなら出来るかもしれんな。それじゃ、明後日の……夜じゃいかんな。午後二時ごろはどうじゃな」

「結構です。そして、どこで……？」

多門がにわかに身を乗り出したので、恭子はぎょっとしたように上体をうしろへそらした。

「あっはっは、なんだ、覚悟をきめたといいながら、そういうことでどうするんだ。ちょっと耳をおかし」

「はい」

直立不動の恭子の耳に、多門が何やらふたことみことささやいた。

恭子はあいかわらず白蠟《はくろう》のような顔をしたままうなずくと、

「承知しました。それでは、明後日、午後二時に、きっとまいります。そのかわり、あなたもあれを忘れないように……」

「忘れやせん。忘れやせん。しかし、ちょっと……」

机のうえから身を乗り出した多門が、恭子の首に腕をまきつけようとするところへ、

「いらっしゃいまし」

瑞枝が茶をもって入ってきた。

「あっはっは」

てれくささをごまかすためか、多門は腹をゆすって笑っている。

瑞枝は完全にそれを無視して、

「お嬢さま、よくいらっしゃいました。だんなさま、お元気でらっしゃいますか」

恭子はプイと立ち上がると、

「あたし、これで失礼します」

そのまま玄関へ走り出る恭子の顔は、人殺しでもしたもののようにすごかった。

生ける人形

1

銀座裏のとある有名な美容院の待合室で、浩三は所在なさそうにそなえつけの雑誌をめくっている。

何を思ったのか、浩三は、髪をきれいになでつけて、洋服なども最新式のアメリカン・スタイル。銀の握りのついたステッキを股のあいだにかいこんで、すっかり若返っている。

雑誌にもあいたのか、浩三はぼんやり顔をあげると、待合室に待っている三人の若い女の顔を無遠慮にじろじろ見まわしはじめた。それぞれ凝った服装をしているけれど、さて、これという美人はいないものだと、心の中でにやにやしていたが、やがて、それにも飽いたのか、あやうくあくびの出そうになった口をあわてて雑誌でかくしたが、そのとき、奥の美容室から、若い女が助手らしい婦人に送られて出てきた。

浩三はそれを見ると、にっこり笑うと、そばにおいてあった折りカバンをとって立ち上がる。

「お待ちどおさま」

奈津女は、ほかの客に気兼ねしながら、口のなかで低くいって顔を赤らめる。

ジャージのワンピースにストロー・ハット、ワニ皮のハンドバッグをこわきにかかえ、くつもワニのパンプスのハイヒール、真珠のネックレスにイヤリングという奈津女の姿は、目ざめるばかりに美しく、このあいだまでの奈津女とは、まるでひとがちがっている。

左の手首にはめている太い金のバンドのついた金側の腕時計から見ても、相当金のかかった服装である。

「ううん、なに」

浩三は奈津女の近よるのを待って、かるく手をとってやる。奈津女は三人の女客の視線を全身に感じて、顔から火が出るようであったが、それでも浩三のするがままに手を組んで、美容院から出ていった。

三人の女客の目がいっせいにふたりのうしろ姿にそそがれる。ふたりの姿が消えてしまうと、たがいに顔を見合わせて、無意味な微笑をうかべると、また手にした雑誌や本に目を落とす。ひとりの客が呼ばれて、美容室へ消えていった。

浩三と腕を組んで歩く奈津女の姿は、どう見ても板につかない。しかし、浩三は一向気にならないふうで、

「おまえ、きれいだよ、すてきだよ」

と、いかにもうれしそうである。

「いや！　そんなこといわないで」

「なんだ、ほめてるんじゃないか。あっはっは」

浩三はのんきらしく笑いながら、ステッキを振り振り銀座の表通りへ出ると、一軒一軒飾り窓をのぞいて歩いていたが、とある宝飾店のまえに立ちどまると、

「そうだ、おまえに指輪を買ってあげよう」

と、さきに立ってなかへ入ろうとする。

「あなた、もういいのよ」

奈津女があわててとめるのを、

「なんだい。バカだねえ。何も遠慮することあないじゃないか」

と、やさしく目で笑いながら、浩三は宝飾店のなかへ入っていった。

2

奈津女は目がくらみそうである。

店員がかわるがわる取り出してみせる指輪についた正札を見ると、どれも十万円以下のものはない。

「そうですねえ、これくらいのお年ごろの御婦人でしたら、どうしても二カラはなければ、じみになりますでしょうね。これ、いかがでしょうか」

店員が取り出したのは、プラチナの台に小指のつめをまるくしたくらいの大きさのダイヤのはまった指輪である。

「これでなんカラットくらい?」

「ちょうど二カラットでございます。これは無傷で、品もよろしいんですが……」

「夏子、ちょっとこれはめてごらん」

浩三は値段も見ずに、指輪をビロードのケースから抜きとった。

「ええ……」

とはいったものの、奈津女は手が出ない。全身がふるえるようで、額ぎわに汗が吹き出してくる。

浩三はにこにこしながら、

「何をもじもじしているの。左手を出してごらん。ぼくがはめてあげよう」

奈津女は店員の目を避けながら、レースの手袋をぬいで左手を差し出した。きれいにマニキュアされた小指のつめが、真紅につやつや光っている。

すこしふるえている奈津女の手を、浩三は左手でかるく握って、右手で薬指に指輪をはめてやる。

「どう？　サイズは？　きつい？　ゆるい？」

奈津女は指輪をまわしてみながら、

「いいえ、あの、ちょうどいいと思うんですけれど……」

「どれどれ……」

浩三も指輪をまわしてみて、

「そうねえ、ちょうどよさそうだね。じゃ、これもらっとこう」

浩三はちらと正札に目をやると、折りカバンを開いて千円札の札束を無造作にガラスのケースのうえに並べる。

百枚一束になっているらしい札束が七つならんで、まだそのうえに帯封を切った札束を浩三がかぞえているのを見たとき、奈津女は全身が熱くなって思わず目をそらした。

「これでいいね」

店員はいそがしく紙幣をかぞえていたが、やがて、ていねいに頭をさげると、

「はい、たしかにございます。お包みいたしましょうか」

「いや、このままはめていくからいい」

と、浩三はケースから正札をむしりとると、

「これ、ハンドバッグのなかへ入れておきなさい」

「ええ」

ハンドバッグのなかへ指輪のケースをほうりこむと、奈津女は浩三のあとについて店を出る。

「これ、いったい、いくらしたんですの」

奈津女の声はうわずっている。浩三はにっこり女の顔を見て、

「そんなこと、気にしなくてもいいんだよ。それより、どこかで昼飯を食おう」

3

銀座の横町にある上品なレストランである。ちょうど時刻なので、相当客が立てこんでいたが、ちょっと待っているうちに、すみのほうに席があいたので、浩三と奈津女はむかいあわせに席をしめた。

「夏子、何をたべる？」

「あたし、なんでも……」

奈津女はまだ胸の動悸《どうき》がおさまらない。左の薬指にはめたダイヤが焼けつくような感

じで、浩三の顔をまともに見るのもこわいのである。

このひとはいったいあたしをどうしようというのだろう。さっき宝飾店でならべた金額は、たしか七十万をこえていた。この半月ほどのあいだに、このひとがあたしの身のまわりのものをととのえるために使った金は、ゆうに百万をこえ、百五十万にちかいものになっている。いったい、このひとはあたしをどうしようというのか……。

奈津女のひざは小きざみにふるえ、胸が圧迫されるように苦しい。

「どうしたんだい、夏子、なぜ顔をあげないいんだい。せっかくきれいになったのにさ」

給仕に二品三品、見つくろって注文したあとで、浩三はにこにこと太平楽な顔を奈津女にむける。

「ええ」

奈津女はあいまいな返事をしたまま、ひざのうえでハンカチをもんでいる。

「あっはっは」

と、浩三はのんきらしく笑って、

「あんまりおれの金遣いが荒いので、こわくなったんだね」

と、タバコに火をつける。

「あなた」

と、奈津女は涙のにじんだ目をあげると、

「もうよして、あたしのためにお金をお遣いになるの」

「いいじゃないか、そんなこと。おまえとてもかわいいよ。それだけの値打ちあるよ」

浩三はまだうなだれる奈津女の顔をのぞきこむようにして、

「おまえ、それともおれが何か悪いことでもしてると思ってるの？　この金のこと……」

「いいえ、そんな……」

奈津女はあわてて顔をあげると、

「あたし、都築《つづき》のおばさまからうかがいましたの。あなたがとてもお金持ちだってこと」

都築のおばさまというのは、いま奈津女が身をよせているうちの女主人である。

「ああ、そう。それならいいじゃないか。なにも不正の金じゃないんだからね」

そこへ給仕がやってきたので、浩三もちょっとひかえたが、給仕がさらを並べて立ち去ると、

「さあ、おあがり。気にすることはないんだよ。洋装のほうはそれでひととおり出来たから、今度はきものをこさえてあげようね」

浩三はいかにも楽しそうである。

奈津女はフォークとナイフに手も出さず、白いテーブル・クロスのうえにポトリと一滴涙を落とした。

4

奈津女がいま身をよせているうちは、小石川の関口台町にあって、都築民子という四十五、六の、若いときはさぞきれいであったろうと思われる上品な女主人に、春彦という十四になる男の子がある。

民子には昌子といって生きていればことし二十三になる娘があったが、一昨年、亡くなったといっている。

民子の話によると、昌子という娘と春彦は、父ちがいの姉弟《きょうだい》で、春彦の父はすなわち浩三の父だった。

昌子という娘をのこして夫に死なれた民子が、いろいろ苦労しているうちに、浩三の父と相知って愛せられ、関口台町にかこわれるようになった。そして、そのあいだに産まれたのが春彦である。したがって、浩三と春彦は腹ちがいの兄弟になる。

「浩三さんというかたは、とても情愛のふかいかたで、お父さんの生きていらっしゃる時分から、よくここへ遊びに来てくださいましたの。お兄さまの達造さんてかたは、お勤めが銀行で、しごくお堅いかたですから、わたしや春彦のことを、とても外聞悪がっていらっしゃるようですけれど……」

奈津女が身をよせるようになってからまもなく、この心細い境遇にある婦人は、そういって自分の身のうえを打ちあけた。

「浩三さんのお父さんというかたは……？」

「戦後お亡くなりになりましたの。ある大会社の重役で、とても立派なかたでした。でも、お亡くなりになるまえに、お子さんがたに財産をお分けになって……うちの春彦にも、この家のほかに相当のものを残してくださいました。でもねえ、インフレやなんかがございましたものですから、わたしどもも苦しいんですけれど、浩三さんがいろいろ助けてくださいますもんですから……」

「浩三さんてかたは、お金持ちでいらっしゃいますのね」

「ええ、とても……それというのが、お父さんから財産をわけていただくと、それを全部、株やなんかにおかえになって……あのかた、とても度胸のよい、思いきったことをなさるかたですから……」

民子はそこで、ちょっと涙にうるんだ目をあげて、奈津女の顔を見ると、

「ですからねえ、夏子さん、わたしはあなたがどういうかたかぞんじませんけれど、浩三さんはいまあなたがかわいくてたまらないようなご様子ですから、あなたもあのかたを大切にしてあげてください。わたしもあなたを亡くなった娘のように思ってますから」

心細いこと民子以上の奈津女は、そういわれると涙ぐんで、

「お嬢さまはどうしてお亡くなりなさいましたのですか」

「いいえ、それはいずれまたお話しいたしますけれど……ただ、ねえ、浩三さんは昌子と結婚してくださるおつもりでいらっしゃいましたの。お兄さまの達造さんは、父のめかけの子を妻にするなどとは……と、だいぶん反対のようでいらしったんですけれど……」

民子はとうとうハンカチで涙をおさえた。

5

「あなた、これからどちらへ……」

食事をおわって外へ出ると、奈津女は消え入りそうな声でたずねる。

奈津女はたしかに美しい。ゆきずりの男も女も、みんな目をそばだてて見る。なかには振りかえってみるのもいる。奈津女にはそれが身を切られるようにつらかった。

外見と魂がべつべつで、こんなけばけばしい服装をしているのが、奈津女には苦しくてたまらない。

いっそ粗末な銘仙でいるほうが、どんなに気が楽だかわからない。

奈津女がそれを訴えても、

「あっはっは、なに、すぐ慣れるよ。おまえは気が小さいんだねえ」

と、浩三はわらって取りあわない。表通りに出ると浩三は、ステッキをあげて自動車を呼びとめた。

「日本橋まで」

自動車に乗ると、浩三は奈津女の耳に口をよせて、

「おれがねえ、結婚しようと思ってた女があることを、おまえ知ってるだろう。おばさんに聞いたんだろう」

「ええ」

突然なので、奈津女がどう返事してよいか迷っていると、浩三はわらって、

「昌子がねえ、ちょうどおまえと同じだったよ。おれが何かしてやると、とても気がねをしやあがってね、そのくせうれしいのさ。あっはっは、おまえはどうなの、うれしかあないのか」

「それは……」

奈津女は耳たぶを赤くして、

「でも、あんまりもったいなくて……」

「おんなじようなことをいうよ。でもね、出来るだけ楽しく暮らそうよ」

浩三の声がちょっとのどに詰まったようなので、奈津女ははっと横顔を見る。男は顔をそむけて、窓から外を見ていた。

「あなた、そのかたがよほどお好きだったのね」

「そりゃ……」

といいかけて、

「いや、その話はよそう。ストップ。ここでいい」

自動車からおりると、そこにある古風な呉服店の飾り窓をのぞきながら、浩三はあれかこれかと品定めをはじめる。さっきのダイヤの値段にくらべると大したことはないようだけれど、それでも奈津女には目のくらむような正札がついている。

「夏子、おまえこの店がどういう店だか知っている？」

突然、耳もとでささやかれて、奈津女はなにげなく軒の看板を見あげたが、そのとたん、顔からさっと血の気がひいていくのを感じた。

軒にあがった大きな一枚板の看板には、

『滝川』

と、ただふた文字、筆太の古風な書体で彫ってある。

6

浩三がしりごみする奈津女をつれて滝川の店へ入りこんだころ、赤坂の建部多門のところへ、本堂千代吉が蝶太をつれてやってきた。

玄関で声をかけると、取り次ぎに出た書生が、横柄な目で千代吉と蝶太を見くらべながら、

「先生はお留守だよ。夕方までおかえりにならない」

と、にべもないあいさつである。

「でも、あの、一昨日まいりました節、明後日の昼過ぎにまた来るようにとおっしゃってくださいましたんですが……」

「ああ、先生はそうおっしゃったかもしれんが、お忘れになったか、それとも、君よりもっと重要な用件がお出来になったか、いまお出かけになったばかりだ」

と、つめたい返事に取りつくしまもない。

千代吉が途方にくれたように立ちすくんでいると、蝶太がおびえたように千代吉の腰にすがりついて、

「ちゃん、おっかあはどうしたのよう。きょうはおっかあいないのかよう。おっかあ、また来いといったのに……」

いまにも泣き出しそうな蝶太の声が聞こえたのか、奥から瑞枝が駆け出してきた。

「あら、坊や、だめじゃないの。ほら、ほら、おっかさん、ここにいるじゃないの」

「ああ、おっかさんがいらした、いらした。さあ、蝶太よ、泣くんじゃないぞ。奥さん、どうもすみません。あなたが優しくしてくださるもんですから、この子がお慕いもうしまして……さぞご迷惑でしょうが……」

「あら、そんなご遠慮には及びませんのよ。あなた、せっかくいらしたんですから、おあがりになってお待ちになったら？　そのおみ足で何度も行ったり来たりなさいますの、

たいへんでございましょう」

「はあ、あの、そうさしていただきますれば……」

「奥さん、でも先生は夕方までおかえりにならないということでしたが……」

「いいわよ。あなたは向こうへいってらっしゃい。さあ、坊や、おあがんなさい。向こうへいって、おっかさんが抱っこしてあげましょう」

「ほら、ほら、蝶太よ、おっかさんが抱っこしてくださるとよ。うれしいだろ、あっはっは」

「うう、うう、うふっふ」

はにかみながらも、蝶太は満面笑みくずれる。

「この子は、物心ついた時分から、母親というものに抱かれた味を知りませんので」

「まあまあ、かわいそうに。さあ、こっちへいらっしゃい。待合室でね、おっかさんとあそびましょう。本田さん、あなたは向こうへいらっしゃってもいいわよ」

あきれかえってぼんやりしている書生の本田を完全に無視して、瑞枝はひとけのない待合室へ蝶太と千代吉をつれこむと、

「本堂さん」

と、改まった調子で、

「あなたに折り入ってお願いがございますの」

何か思い入った顔色である。

7

「はあ、あの、どういうことでございましょうか」

ただならぬ瑞枝の顔色に、千代吉の言葉もおのずから改まる。

瑞枝は待合室から外をのぞいて、書生の姿が見えないのをたしかめてから、

「はなはだ失礼な申し分なんですけれど、あなたにちょっとお使いをしていただきたいんですけれど……そのかわり、この坊やはそのあいだあたしがお預かりしてお守りをしておりますから……たった一度お目にかかったばかりのあなたさまに、このようなぶしつけなお願いをいたしますの、ほんとに心苦しいのですけれど、あたし、自分でまいれないものですから……ほんとにこんなことを申し上げて失礼なんですけれど……」

瑞枝が言いよどむのをさえぎるように、

「いいえ、奥さん、あなたのお頼みとあれば、わたくし、どんなことでもいたします。そして、お使いというのは……」

「はあ、あの……」

と、瑞枝は待合室の外をうかがいながら、ふところから一通の封筒を取り出して、

「この手紙をあて名のかたに渡していただきたいのですけれど……」

女らしい西洋封筒の表には、

「滝川恭子さまおんもとへ」

と、うつくしい万年筆の字が走っている。

千代吉がぎょっとしたように目をそばだてるのに気がついて、

「あなた、このかたをご存じでいらっしゃいますか」

「はあ、あの、どこかで聞いたような気がしたものですから」

「ええ、あの、そうかもしれませんけれど、それはいまお話ししているひまはございません。ただ、この手紙を恭子さまというかたにお渡し願えればよろしいんですけれど……」

「承知いたしました。しかし、ここにはお所が書いてございませんが」

「はあ、あの、所はこちらにございますの」

と、瑞枝はまた別の紙を取り出して、

「この地図の丸印のついた家へ、恭子さまというかたが二時にいらっしゃるはずですの。あたし、その家へ恭子さまを入れたくございませんの。それで、その家のものに気づかれないように、この手紙を恭子さまにお渡し願いたいんですの。恭子さまというかたは、二十二、三の、たいへんきれいなかたですし、ご様子をごらんになれば、すぐおわかりになると思います。何かこう悲壮なご決心をなすったように青ざめていらっしゃると思いますから」

千代吉は胸の時計を出してみて、

「いま一時半ですが、恭子さんというかたがもうその家へ行ってらっしゃるというよう

かせる。打ち水をした玄関に立って、恭子はうわずった目で女の顔を見ていたが、

「ああ、そう。じゃ、また、出直してまいりましょう」

と、もう半分逃げ腰になっている。

「あら、そんなことおっしゃらないで、あがってお待ちなさいましたら……先生も電話でそうおっしゃっていらっしゃいましたから。二時の約束だけれど、ほんの少々おくれるかも知れないとおっしゃって……」

恭子はどちらとも決心がつきかねる様子だったが、やはり逃れたい一心で、

「いえ、あの、では、あたしもうしばらくしてまいります」

「おや、さようでございますか。それじゃ、先生がいらしたらそう申し上げておきましょう」

女もしいて引きとめなかったので、恭子は逃げるように『田川』の門からとび出した。一寸のびればまた一寸、覚悟をきめているとはいうものの、恭子も出来ることなら逃れたいのである。

いつまでもそんな一画を歩いているわけにもいかないので、なんとなく駅前の通りへ出て、雑踏のなかを歩いていると、『田川』へ入る横町の入り口へ自動車が来てとまった。

降り立ったのは多門である。

恭子の心臓はがくんとふるえ、足ががくがくふるえた。

多門は、しかし、そこに恭子がいることに気がつかず、せかせかと、いま恭子の出て

きた横町へ入っていく。

恭子はむろんすぐそのあとを追う気にはなれない。いったんぐらついた決心を持ち直すのには手間がかかる。

恭子は上野駅の待合室へ入って腰をおろした。体も心も極端につかれていながら、それでいて、何かしら腹の底からじりじりとかきたてるものがある。

いっそこのまま逃げてしまおうか。しかし、それは問題を後日にのばすだけのことである。ここで多門を怒らせたら、またどんなことになるかもしれぬ。

十分ほど待合室で休んだのち、恭子はやっと決心がついた。

電車道を横切って、いま多門の入っていった横町へ二、三間入っていくと、うしろへまた自動車が来てとまった。

恭子は道をよけるようにして、なにげなくふりかえったが、そのとたん、

「あっ、お嬢さん、ちょっと、ちょっと……」

4

恭子は自分のことではないと思い、また行きかけようとしたが、

「お嬢さん、もし、恭子さま、ちょっと……」

と、今度ははっきり名まえを呼ばれて、ぎょっとふりかえると、横町の入り口にとま

った自動車からせかせかと降りてきたのは、松葉づえをついた男だった。

千代吉は自動車をそこに待たせておいて、にこにこ笑いながら、よちよちと恭子のほうへ近づいてくる。

見たことのない男だけれど、恭子とはっきり名まえを呼び、またなれなれしい笑顔なので、恭子はとまどいしたような顔をしながらも、男のちかづいてくるのを待っている。

「滝川恭子さんでしたね」

そばまで来ると、男は低い声でいって、にこにことうれしそうに笑う。

「はあ、あの……でも、あなたは……？」

恭子は警戒するような目つきで相手の顔を見まもっている。滝川恭子とはっきり名まえを呼ばれて、恭子は屈辱のために体が熱くなっている。そこから『田川』まではまだ相当の距離があるのだけれど……。

「いや、わたしはただ使いを頼まれただけのものです。自動車がおまわりにひっかかって遅れたので、相当気をもみましたが……」

千代吉はポケットから封筒を取り出して、

「どうぞ、ここでごらんください」

恭子はいぶかしそうに封筒を手にとったが、差し出し人の名まえに瑞枝とあるのを見ると、ぎょっとしたように息をのみ、千代吉の顔に目をやってから、いそいで封を切った。

うつくしい万年筆の筆跡が走っている便箋《びんせん》に目をとおしていくうちに、わなわなと手がふるえ、いままで彫像のようにかたく張りつめていた全身の線ががっくりくずれると、ひとみが泉のようにぬれてくる。

　恭子は何かいおうとしたが、くちびるがふるえるばかりで言葉が出ない。

「何もおっしゃらないで、今日はこのままお帰りなさいませ。あまり長くこんなところにいると、ひとに怪しまれますから」

「はい」

　恭子は手早くハンカチで涙をぬぐうと、

「有り難うございました。おかえりになりましたら、このかたにどうぞよろしく」

　恭子の声はのどにつかえてかすれる。

「はい、そう伝えておきましょう」

「なお、こののちともよろしくと……」

「はあ、どういうことか存じませんが、よく申し上げておきましょう。じゃ、少しでも早く」

「では……」

　運命の賽《さい》ころは危ないところでひっくりかえった。恭子がていねいに一礼して小走りに横町から出ていくとき、またあとからやってきた自動車が、

「おい、その自動車、どっちかへよけねえか」

と、千代吉の自動車に怒鳴りつけている。

5

恭子はその罵声《ばせい》をうしろに聞きながら、二台の自動車のあいだをすり抜けていったが、そのときあとから来た自動車から、

「おや」

と、身を乗り出したのは浩三である。小走りに立ち去っていく恭子のうしろ姿をびっくりしたように見送っていたが、なに思ったのか、

「ああ、運転手君、ここでいい。夏子、降りよう」

奈津女は何も気がつかず、浩三のあとにつづいて自動車から降りたが、浩三はその奈津女をそこにおいたまま、

「あっはっは、本堂君、本堂君」

と呼びながら、もう一台の自動車のほうへ近づいていく。

松葉づえを自動車のなかにほうりこんで、いまステップに不自由な片脚をかけようとしていた千代吉は、ぎょっとしたように振り返ったが、浩三の顔を見ると目をまるくする。

「あっはっは、千代さん、すっかりいい男になったじゃないか。松葉づえがなきゃ気がつかなかったところだ。あっはっは」

浩三はいかにもうれしそうに笑っている。千代吉はなんと返事をしてよいのか、目を

そらせるばかりである。

「千代さん、しかし……」

と、浩三はにやにやしながら、千代吉の耳のそばに口を持っていって、

「君、すみへおけないね。いまこの横町からとび出したお嬢さんね、君といっしょだったんだろ?」

「いえ、あの、それは……」

千代吉はいよいよ返事に苦しんだ。

浩三はわざと意地の悪い目つきになって、じろじろと千代吉の顔を見まもりながら、

「君、あのお嬢さんを、ほら、三本煙の立ってるマークのついた家ね、この奥にはそういう家たくさんあるだろ。君、そういうところへあのお嬢さんつれこんだの」

「と、とんでもない。わたしはちょっと……」

「わたしはちょっと……?」

「いいえね、だんな、わたしは、あのお嬢さんが不心得を起こしそうになさいましたので、さるかたから頼まれて、ちょっとご忠告にまいりましたので……」

「さるかたって、だれだい」

「いえ、あの、それは申せません。だんな、お願いなんですが、いまのことね、ひとつどなたにもおっしゃらないで。ほかのかたにご迷惑がかかるといけませんから」

「ほかのかたってだれだい。いまのお嬢さんかい」

「いえ、あの、どなたでもよいではございませんか。だんなこそ、どちらへ」

「ぼく？　ぼくはこれから三本煙の立ってるマークの入った家へいくつもりだ。ほら、あの子、きれいだろ。あっはっは、じゃ、さよなら。いいよ、いいよ、わかった、わかった。だれにもいわない、いわない。さあ、いこう」

しりごみする奈津女の手をむりやりにとって、意気揚々とステッキを振りながら、横町のなかへ入っていく浩三のうしろ姿を、こんどは千代吉がぼうぜんと見送っている。

6

「どうも暑いねえ。お島ちゃん、この家、なんだか特別に暑いような気がするぜ。おかみにいってなんとかしなきゃ、いまに客がなくなるぜ」

浩三はなじみとみえて、二階の座敷へ案内されると、さっそく上着をとり、ネクタイをはずしながら、ちゃぶ台にぬぐいをかけている女中に、からかうように話しかける。

「ほっほっほ、ごあいさつですこと。でも、先生の悪口は毎度のことだから、いっこうにこたえませんけれどね」

「毎度でなくったって、おまえさんのようなあつかましいひとには、こたえようはないけどね。おい、お入りよ、こっちへ」

女もちゃぶ台をぬぐいおわると、

「いらっしゃいませ。あなた、さあ、どうぞこちらへ……」

と、障子の外に立ちすくんだ奈津女のほうへあいさつする。

「お入りったら。そんなとこに立っていると、かえってひと目につくよ」

と、浩三はどっかとちゃぶ台のまえにあぐらをかいて両ひじをつく。

「ええ……」

と、奈津女はこわばった顔をしたまま、おずおずと座敷のなかへ入ってくる。

立派とまではいかないが、それでもそれほどの安普請ではなく、この近所では上等の旅館のほうである。

いま、浩三と奈津女が案内されたのは、八畳に四畳半のつぎの間がついており、この家の二階ではいちばんよい座敷になっている。床の間には深水まがいの美人画がかかっており、花籠《はなかご》には小デマリが盛り上がるように投げ込んである。

「先生、どうなさいます。何か召し上がりものでも……」

「いや、飯はすんでるんだが、それじゃビールでももらおう。なんぼなんでもね、あっはっは」

「承知しました。あなた、どうぞお楽に」

と、障子の外へ出るお島のうしろから、

「ああ、ちょっと、ちょっと」

と、浩三が追って出て、お島の耳に口をよせると、

「赤坂のが来てるのじゃない？」

「あら、よくご存じですね。みちでお会いになりまして？」

「ううん、ちょっとそんな気がしたもんだから。あっはっは」

うれしそうにわらいながら、浩三は障子をしめてもとの席へもどってくると、にやにやと正面から奈津女の顔を見て、

「どうしたの、夏子、おこってるの？　こんな家へつれこんだので……」

「あなた」と、奈津女は心細そうに肩をすくめて、

「こういう家へ、ちょくちょくいらっしゃいますの」

7

「うん、ときどきね。どうして？」

浩三の目はにやにやと笑っている。

「どうしてって、あたしいやだわ。なんだかきまりが悪いわ」

「あっはっは、あんなことといってらあ」

「あんなことって？」

「だって、おまえ、関口台町のうちじゃあ、いつも固くなって、思うように打ちとけてくれないじゃないか。ねえ、夏子、勘弁してくれ。おれはおまえとふたりきりで、気が

ねなくふるまえるところへ来たかったんだ。といって遠出は尾行がうるさいんでね」

「ええ……」

奈津女は赤くなりながらも、ちょっと胸がふるえて熱くなる。

「それに、このうちにちょっと用事もあったもんだから」

「用事って？」

「ううん、ちょっと」

浩三が言葉をにごしているところへ、さっきの女中のほかに小太りにふとってあか抜けのした女がやってきた。それはさっき玄関へ恭子を迎えに出た女で、すなわち、ここは『田川』の二階なのである。

「先生、いらっしゃいまし。あなた、よくいらっしゃいました」

「ああ、おかみ、どう？　このひときれいだろ。ぼくいよいよ、おかみの意見にしたがって、このひとと結婚するつもりだ。あっはっは」

「あらまあ、お島がとてもきれいなかただというもんだから……ほんとにまあまあ、さあ、おひとつ」

浩三がおかみの酌《しゃく》をうけているあいだに、お島は隣の四畳半へ入って床をのべはじめる。うつむいた奈津女の耳が火のついたように赤くなっている。

「さあ、奥さまもおひとつどうぞ」

「いえ、あの、あたしは……」

「そうおっしゃらずに、おひとつ……」

「いいよ、いいよ、このひとはおれが酌をしてやる。それより、例のが来てるんだってね」

「ええ、うっふっふ」

「相手はどういうの？」

「それがねえ、どこかのお嬢さんらしいんですけど、ひとあしさきにいらしたのよ。それで、まだいらっしゃらないって申し上げると、のちほどまたって出ていかれたきり、まだ……」

「それじゃ、やっこさん、さぞじりじりしてるだろう。あっはっは」

浩三はビールを飲みながら、面白そうにわらっている。

「それじゃ、先生、またのちほど。岩崎も夕方までには来るといってましたから」

「ああ、そう。岩崎さんもお盛んで結構ですね」

浩三はまじめにいって頭を下げる。

「おかげさまで。先生にはなんとお礼を申し上げてよいやら……」

おかみの声がちょっとふるえて、涙の出そうになった目をあわてて反らすと、

「では、奥様、ごゆっくり」

鼻声でそういって、おかみがお島をつれて出ていくと、

「夏子、いっぱいおあがり」

と、浩三がビールのびんをさしのべる。

8

「あら、あたし……？」

「いいじゃないか。鶴巻では相当飲んだぜ」

「相当だなんていやだわ。ひと聞きが悪いわ」

「なんでもいいからお飲みよ。しらふじゃばつが悪いよ。なんぼなんでもね、あっはっは。さあ……」

「ええ」

奈津女はコップにビールをうけながら、

「もういいのよ。それくらいにして……あら、とてもこんなにはいただけないわ」

「飲めるさ。こんなもの、水みたいなものさ」

奈津女はなめるようにひと口飲んでコップをおくと、浩三の酌をしてやりながら、

「あなた」

「うん？」

「いまのかたね、おかみさん。よほどご懇意なんですの」

奈津女にはさっきのふたりの妙にしんみりしたあいさつが気にかかるのである。

「うん、まあね。はじめはただの客だったんだけど、いつかこう打ち解けてね、柄にも

なく相談相手にされちゃったりしてさ。あっはっは」

奈津女には浩三という人間がいよいよわからなくなる。ふざけているのかと思うとまじめだし、まじめかと思うとふざけていたり、しかし、どこかたのもしいところがあって……。

「何を考えてるのさ。もう少しお飲みよ。考えるのはやめだといったじゃないか」

「ええ、でも……あなた」

「うん？」

「あなた、いつごろからこういうところへいらっしゃるようにおなりになったの？」

「そうさねえ、一昨年くらいからだね」

「じゃ、あの……昌子さんてかたもこんなところへつれていらっしたの？」

奈津女の聞きたかったのはそのことである。

「ううん、夏子」

浩三はまじまじと奈津女の顔を見ながら、

「ぼくはあれの体には触れずじまいだったよ。昌子が死んだとき、ぼくはまだ童貞だったんだ。あれが亡くなってからだねえ、いろんなことをおぼえたのは……」

「あなた」

「うん？」

「ごめんなさい」

「なんのことさ」

「昌子さんのことをそんなふうにいって……」

「あっはっは、なんだ、へんなひとだねえ。何を泣いてるんだい。さあ、こっちへおいで……おい」

奈津女はハンカチで目をおさえたまま、すなおに立って浩三のひざへいく。

浩三は、女の顔からハンカチを持った手をとりのけると、涙のたまった目をかわるがわる吸ってやり、そのあとはげしくくちびるを吸った。

それから、女の背中にまわした手でホックをひとつずつ外していく。奈津女は男の胸にほおをよせ、ワイシャツのボタンをいじくりながら、相手のなすがままにまかせている。

ちょうどその下の座敷では、建部多門がひげをビールのあわだらけにして、さっきから何度も何度も帯にはさんだ時計を出してみている。

9

日比谷公園の池のほとりで、恭子はぼんやりベンチに腰をおろしている。昨夜以来の緊張がかっくりくずれて、いいようのない倦怠感《けんたいかん》が全身にはいのぼる。何も考えずにただ目をみはっていると、梅雨の晴れ間の青葉の色が、睡眠不足の目にしみる。

疲れきった魂に、噴水のちろちろささやく音が快い。ときおり風向きのぐあいで、噴きあげられる水が霧のようなしぶきとなって、ほてったほおに降りそそぐのも爽快《そうかい》である。

子供が二、三人ヨットを池にうかべて、嬉々《きき》として戯れているのを見ると、こんな平和な世界もあったのかと、久しく忘れていた昔の夢を思い出すような気持ちだった。

恭子の心の平和は、薬子の事件以来、いや、もっと以前に無残にうちくだかれた。うちくだいたのは多門であり、多門の背後には薬子がいた。その薬子は死んだけれど、ふかくえぐられた恭子の心の傷は、いまもなお激しくいたんで、そのために彼女はきょう、貞操まで犠牲にしようとしたのだ。

瑞枝の手紙によっていったんは思いとどまったけれど、はたして瑞枝の手紙のいうようにうまくいくかどうか……もし瑞枝が失敗したら、あとの反動が恐ろしい。いっそ、瑞枝の手紙にまどわされずに、きょう手っ取り早く取り引きをすませたほうがよかったのではないか。結局、多門のおもちゃになって、そして……そして、死ぬよりほかにじぶんの罪のつぐないはできないのではないか。

恭子は腹の底から、イカのすみのようにどすぐろい思いが、またむくむくとこみあげてくるのを感ずる。

もう一度、あの家へ引きかえしてみようか。いまならばまだ多門がいるだろう。

しかし、恭子がまだどちらとも決心をつけかねて、無心に噴きあげる噴水を見つめているとき、ベンチのうしろに足音がちかづいて、そっとやさしく肩に手をおいたものがある。

はじかれたように恭子が振り返ると、やさしく、しかし寂しそうに微笑しているのは、植村欣之助だった。恭子は、あの破れた結婚式以来、欣之助にあっていないのだが、わずかのあいだにめっきりやつれた欣之助の顔を見ると、すまない思いに胸がうずく。

「そこへ掛けてもいい？」

「ええ」

恭子はためらいがちに答えてひざをずらす。

欣之助は恭子の隣に腰をおろすと、口もきかずにぼんやりと噴水を見ている。その横顔の寂しさに、恭子はまた胸がうずいた。

「あなた、学校は……？」

「休んでる。とても落ち着いて勉強する気になれないから」

欣之助は某大学の助教授なのだ。恭子は黙ってうなだれる。すまない思いで胸がいっぱいである。

「おじさま、おばさま、お元気でいらっしゃいますか」

「ああ、おかげで……」

「あたしのこと、さぞおこってらっしゃるでしょう」

「いいや、心配してるよ。ことに、母がね」

恭子は何か言おうとしたが、くちびるがふるえたきりで声が出なかった。

10

　しばらくして、恭子は思い出したように、

「あなた、あたしをつけていらしたの？」

「ああ……」

「どこから？　目黒から？」

「いいや。上野のまえから……駅のまえで君の姿を見かけたもんだから」

「どうしてあんなところにいらしたの？」

　欣之助は恭子の視線を避けるようにして、

「ぼくはね、ある人物を尾行していたんだ。ほら、君に手紙のようなものをわたしていた松葉づえの男ね。ぼくはこのあいだから、あの男をつけまわしているんだ」

「まあ！　どうしてそんなことをなさいますの。あのひと、いったいどういう……？」

　恭子の顔はおどろきと不安にくもる。

「あの男もこの事件の関係者なんだ。それで、金田一耕助というひとともう一人のひとにぼくは事件の調査を依頼してるんだが、そのひとが松葉づえの男から目をはなさないようにというもんだから……ぼくとしても、一日も早くこの事件を解決したいと思ってるからね」

うなだれた恭子のひざがかすかにふるえる。

「植村さん」

と、やさしく欣之助のひざに手をおいて、

「そんなまねをなすっちゃいけません。あなたは学校へいらっしゃらなければいけませんわ。わたしのことは忘れてください」

「どうしてそんなことをいうの。君の気持ちはよくわかる。あんな事件の渦中《かちゅう》に身をおいたまま、結婚したくないという気持ち、父にも母にもよくわかってるんだ。しかし、事件が片づいて真犯人があがれば、何もわれわれの結婚の障害となるものはないはずじゃないか」

「いいえ、事件は片づいても、あたし結婚できないかもしれません」

恭子の脳裏をあの忌まわしい多門の顔がかすめてとおる。しかし、彼女はすぐそれを追い払い、とにかく欣之助のためにも当分瑞枝の言葉にしたがおうと決心する。

「恭子さん、それはどういうんだ。君は何かつまらないことで心を苦しめてるんじゃない？　ぼくは君の気性を知ってるから、あえて聞こうたあ言やあしないが、あまりくよくよ思いつめないほうがいいよ」

「ありがとう。でも、植村さん、ほんとうにあたしのことは忘れてください。あたしはあなたと結婚できるような女ではないんです」

「バカな！」

欣之助はいくらか激した調子で、

「どうしてそんなバカなことをいうんだ」

「いいえ、いいえ、あたしは悪い女です。あたしは母を……まま母を殺したんです」

「恭子さん！」

恭子がふいにベンチから立ち上がったので、欣之助も愕然として立ち上がる。

「いいえ、植村さん、あとを追わないで……あたしはまま母を、衛の母を殺したんです。いいえ、殺したも同様なんです。その償いをしなければならないんです。それではこれで……おじさまおばさまによろしく……」

小走りにベンチをはなれていく青ざめた恭子のうしろすがたを、欣之助はぼうぜんとして見送っている。

下り坂

1

だしぬけにはだけた胸が焼けつくように熱くなったので、浩三はおどろいて腕のなかにいる奈津女を見る。浩三の胸に顔をおしあてたまま、奈津女がはげしく泣き出したのである。

ふすまをしめきった薄暗い四畳半。

「ど、どうしたんだ、夏子、どこか気分でも悪いのか」

奈津女は首を横にふりながら、声をのんでいよいよはげしく泣き出した。焼けつくように熱い涙が浩三の胸をつたって、奈津女を抱いているわきのしたへ流れる。

「おい、およしよ。そんなに泣かれると、おれが何か悪いことでもしたようで、気がとがめるじゃないか」

「ううん、ううん、そんなんじゃないんです……あなた」

「うん？ うん？」

「あたしを捨てないで……あたしを捨てちゃいや！」

奈津女はまたむしゃぶりつくように浩三の胸に顔を押しあててむせび泣く。

「バカだなあ」

浩三はうれしそうにつぶやいて、やさしく髪をなでてやりながら、ひとしきり奈津女が泣くのにまかせている。

「もうおよし。さあ、いい子だから泣くのはおやめ。あまり興奮すると疲れるよ。さあ、顔をお見せ。涙をふいてあげよう」

「すみません」

奈津女はやっと泣きやむと、まだときどきしゃくりあげながら恥ずかしそうに顔をあ

げる。浩三は腕のなかのその顔をやさしくのぞきこんで、

「せっかくきれいにお化粧ができたのに、これじゃ台なしじゃないか。あっはっは」

と、寝間着のそででふいてやると、

「おまえ、眠い？　眠きゃこうして抱いててあげるから、ひと眠りするといいよ」

「いいえ、あたし眠くないの。でも、もうしばらくこうしてて……」

「うん、いいとも」

と、浩三は奈津女を抱いたまま、

「夏子、何か話をしよう」

「ええ。なんの話……？」

「さっき、ここのおかみが岩崎ってひとが夕方までにくるといってたろう」

「ええ」

「岩崎さんてのはね、ここのおかみのいいひとなんだ。土建屋さんでね、ちょいといい顔なんだが、一昨年おかみさんをなくしてね、あとを探してるうちに、ここのおかみとねんごろになったんだね。おかみもそのひとにほれてるんだが、困ったことに、ここのおかみにゃ悪いやつがついててね」

「悪いやつって？」

「つまり、ほらね、赤坂に瑞枝ってひとがいるだろ。いつか、おまえ、あのひとは多門を憎みながら、多門の体にひきずられて離れられないんだっていってたろう。ここのお

かみと悪いやつの関係が、ちょうどそれと同じなんだ」

奈津女ははじかれたように顔をあげて浩三を見る。

2

「どうしたの？　こんな話、つまらない？　つまらなきゃよそうか」

「ううん、お話しして。それでどうして？」

「うん、じゃ、話そう。ここのおかみもその悪いやつを憎んでるんだが、それでいて、そいつのまえへ出ると、ヘビにみこまれたカエルのようになるんだね。それで、さんざんそいつにしぼられて、この家なんかもそいつのために二重にも三重にも抵当に入ってたんだ」

「まあ！」

「それで、おかみとしちゃそいつの手から逃れたくってしようがないんだね。しかし、ひとりじゃだめだってことはじぶんでもよく知ってる。だれかにすがりついてなきゃ、結局、そいつのもとへ引きもどされる。ところで、すがりつく相手だが、そのひとが弱けりゃなんにもならない。人間的にだね、人間的に、悪いやつより強い男……そういうひとにすがりついてりゃ、悪いやつの誘惑にうちかつことが出来るだろう……と、まあ、そう考えて、おかみはその強い男を岩崎さんに見いだしたんだね」

「ええ」

奈津女はほっとため息をついて、

「よかったわねえ」

「うん、ほんとうによかったんだ。岩崎さんもおかみと悪いやつとの関係を知ってるんだ。しかし、おかみにほれてるからね、きっとおかみの体からも心からも、悪いやつの記憶をぬぐい去ってみせるって、まあそういう強い自信をもっておかみに会ってたんだね。岩崎さんとしては、一日もはやくおかみを家へ入れたいんだが、悪いやつとすっかり清算しきれないうちは、そういうわけにもいかないだろ」

「まあ、じゃ、まだ……」

「そうなんだ。いや、いちじおかみも岩崎さんというひととそうなって、悪いやつの影響から逃れられるようになってたんだ。いや、もう少しでなりかけたんだ。ところが、そこで岩崎さんがつまずいたんだね」

「つまずいたって？」

「仕事のうえでだがね。岩崎さんてひとは度胸もよく、腕もあり、頭も相当切れるひとなんだが、人間が正直なんだね。悪いやつ……これはおかみをしぼってる悪いやつとはべつなんだが、とにかく悪いやつにひっかかって大穴をあけちゃった。請け負った仕事の金は入らんわ、こちらから払わねばならぬ借金は追っかけてくるわってわけで、四苦八苦の状態になったんだ。悪くすると岩崎組も解散しなきゃならんて羽目にまでおちいったんだね」

「まあ。それで……?」

「それで、岩崎さん、いささか自信をうしなった。男って、いや、男ばかりじゃない、女だってそうだが、自信を失うってことがいちばんいけない。人間が小さくなるし、魅力が減る。すがりついている岩崎さんがそんなふうだから、おかみの決心がまたぐらついてきた。せっかく悪いやつの影響から逃れられかけてたのが、またいけなくなっちゃったんだ」

「それで……?」

奈津女は、浩三の胸にすがりついたまま、息をのんで聞いている。

3

「それがちょうど去年のいまごろのことなんだがね。おれは一昨年の暮れからちょくちょくこの家のごやっかいになってってね。おまえにゃ悪いけど、いろんな女をここへ引っ張ってきたもんさ。あっはっは、もうこれからはおまえよりほかにそんなことしないことにするけどね」

奈津女は赤くなりながら、

「それで……?」

「それでまあ、おかみとも心安くなってたんだ。おかみが悪いやつにしぼられてるってことも女中やなんかに聞いてたし、岩崎さんのことも知ってたんだ。そのおかみがどうも浮かぬ顔をしてるもんだから、聞いてみるといまいったような話だろ、そのときおかみがいうのに、せめてこの家が抵当に入ってなかったら、なんとかして岩崎さんの当面の急場をすくうことが出来るのにって……そういって泣くんだね、あのおかみがさ」

「ほんとうにねえ」

浩三のえりもとをまさぐりながら、奈津女もため息をつく。

「おまえだってそんな話を聞けば気の毒になるだろ。それに、その悪いやつが、いちじおかみの態度が強くなってたもんだから遠のいてたのが、そうなると、またしゃあしゃあとやってくるんだ。おかみは岩崎さんに悪い悪いと思いながら、自由にされちまうんだね」

「憎らしいわね。その男……」

「おまえだってそう思うだろ。おれも廊下であったりして、そいつの得意そうな顔を知ってるんだ。だから、いっそ憎らしいやね。それから、岩崎さんてえひとにも二、三度ふろ場で会ったりして、話をしたこともあるんだが、こっちはなかなか立派な男なんだね。そこで、いったいどれくらいあれば岩崎さんの急場がしのげるのかって、おかみに聞いてみたんだ」

「まあ！」

「そしたら、案外少ない金額なんだね。そこで、それをおれが用立ててあげたんだ、岩崎さんてひとに」

「まあ！」

奈津女はびっくりしたように浩三の顔を見て、

「いったい、どれくらい……？」

「そんなこと、いいじゃないか」

「いいえ、言ってちょうだい、いくらなの？」

奈津女の目には強い光がこもっている。

「三百万円だがね。どうしたの？」

「まあ！　だって、あなた、いかにお金がおありだからって、二、三度おふろ場であったくらいのかたにそんな大金を……」

浩三は奈津女の額にやさしくキスをして、

「そういうけどね、夏子、十年二十年知ってたってびた一文出したくない相手もあるし、一度会ったきりでもなんとかしてあげたいってひともあるよ。それに、おれはおかみを救ってやりたかったんだ。おかみを救うには、岩崎さんの身が立つようにしてあげるよりほかにみちはないだろう。それに、どうせおれが持ってたところで銀行に寝かせとくだけの金だからね」

「すみません、話の腰を折って……でも、驚いたでしょう、岩崎さんてひと」

4

「ああ、それは驚いたね。全然、見ず知らずというわけじゃないが、どこの馬の骨か牛の骨かわからぬ若僧が金を出そうというんだからね。いや、岩崎さんよりはおかみのほうがおったまげて、それこそ、ハトが豆鉄砲をくらったような顔をしてたよ。あっはっは」

浩三はのんきらしく笑っている。奈津女は深いため息をついて、

「それで、岩崎さんてかた、お助かりになったのね」

「ああ、元来、度胸はいいし、腕も立つひとだからね。それに、ちょっと岩崎さんのためになるようなことをしてあげてね」

「どんなことなの、それ？」

「なにね、おまえ都築のおばさんから、亡くなったおやじのこと聞いてるだろ」

「ええ、とてもお偉いかただったとか……」

「偉い偉くないはべつとして、ずいぶんひとの面倒を見てきたひとなんだね。それで、昔、おやじが面倒を見てあげたひとが、いま相当の地位になってるわけさ。いろんな方面でね。そういうひとの、土木やなんかに関係のあるお役人を、二、三、岩崎さんに紹介してあげたんだ。岩崎さんてひとは、きょうおまえも会うわけだが、とにかく腹のき

れいなひとなんだね。で、すっかり紹介してあげたひとたちの気に入られて、いろいろ仕事のほうで便宜を計ってもらうわけだ。それでまあ、いくらか立ち直っちゃってね。したがって、ここのおかみも完全に悪いやつのつめから逃れたってわけさ。向こうじゃときどき、まだちょっかいを出しに来るようだがね」

「それで、おかみさん、岩崎さんてかたとご夫婦に……」

「うん、ちかくここをひとに譲って、いよいよいっしょになるらしい。ところで、おれが岩崎さんに金を用立てたのが、ちょうど去年のきょうなんだ。岩崎さんはせんから返す返すって言ってたんだが、そんな金があるなら、事業につぎこむなり、それともこの家の抵当を抜いておかみを身軽にしてやったらどうかって、いままで受け取らなかったんだ。ところが、どうやらこの家の抵当も抜けたらしいし、それに一年もたつことだから、どうしても今度は受け取ってほしいって言ってきたもんだからね……あとでおまえが変に思うといけないから、ここで話をしておくけどね」

奈津女は涙ぐんだ目をして、黙ってしばらく考えこんでいたが、急に顔をあげると、

「あなた、ここのおかみさん、お名前なんとおっしゃいますの。もしや、おしげさんとおっしゃるんじゃないんですか」

「あっはっは、夏子、おまえその話、聞いていたのかい。その悪いやつってのがね、いましたへ来てるんだ」

「あなた!」

「あっはっは、大丈夫、大丈夫。こうしておれにすがりついてりゃいいんだ」

浩三は青くなってふるえている奈津女の体を強く抱きしめて引きよせる。

5

ふろへ入ったり、ビールを飲んだり、薄暗い四畳半に床をのべさせて横になったり、五時まで待ってみたものの、とうとう恭子が現れないので、さすがの多門もあきらめた。寝床のなかで手を鳴らすと、女中のお島が半分開いたふすまの外へきて、

「何かご用でございましょうか」

と、いやに冷たい切り口上である。しかし、そんなことに動じる多門ではない。

「ちょっとおしげを呼んでくれ」

「あの……おかみさんはいま手が離せないんですけれど……」

「なんでもいいから呼んでくれ。おれが呼んでるといえばいいんだ」

「はい」

お島が憎らしそうにふすまのほうへちょっと下あごをつき出して、足音もあらく出ていったかと思うと、しばらくして、

「おしげに何かご用でござんしょうか」

と、ふすまの外で、太い、ひびきのある男の声がしたので、さすがの多門もどきっと

して、寝床のうえに起きなおった。

ふすまの外の八畳に、粗い縞《しま》の背広に半ズボンをはいた男が、ひざ小僧をきちんとそろえて、そのうえに両手をつき、こちらを見てにこにこ笑っている。

多門はあわてて胸もとをつくろいながら、

「そういうおまえさんは、いったいだれだい」

と、それでも言葉だけは横柄である。

「わたしゃ岩崎ってもんですがね。ちかくおしげといっしょになることになってるもんですから、ま、なるべくあれをこういうお席へ出さないようにしているんです」

にこにこ笑いながら、ゆったりとした口の利きかただが、それがかえって相手に乗ずるすきをあたえない。四十二、三の、背はそれほど高くはなさそうだが、きりりと引き締まった豊かな肉づきが、うちに鋭い闘志をつつんで、ゆったりとした貫禄《かんろく》を示している。角刈りにした顔が童顔といってもいいほど邪気がなく、笑顔に魅力がある。

「ああ、おまえさんが岩崎ってひとかい。名前はうすうす聞いていた。それで、ちかくおしげと夫婦になるって？」

「へえ、まあ、あれもやっと思いきりをつけてくれましたんでね。先生にもいろいろお世話になりましたそうですが、今後はひとつそのおつもりで……」

「ふうん」

と、多門はひとつ鼻を鳴らして、それからにやりと底意地の悪い微笑をもらした。

「それはまあ、おめでとうといいたいが、おまえさんが後悔するようなことがなければいいがね。おしげも相当のもんだから、男の顔にどろをぬりやがったなんてな。あっはっは」

「あっはっは」

「えっ？」

「そりゃあね、先生、亭主しだいでしょうね。かかあが不埒《ふらち》を働くのも、結局は亭主に意気地がねえからで、その点、わたしゃまあ相当自信を持っておりますから、どうぞご安心なすってください」

「あっはっは」

6

いまいましいけれど、岩崎という男に対して、多門はしだいに敗北を意識しなければならなかった。いちばんいけないことは、相手がおしげと自分の仲を知っていて、許しているらしいことである。

恐喝者《きょうかつしゃ》はつねに秘密を好餌《こうじ》とする。秘密が秘密でなくなったとき、恐喝者は犠牲者に対する把握力《はあくりょく》をうしなってしまう。

多門は、寝床から起きあがると、膚のものをつけはじめる。かなりばつの悪い思いだったが、それでもさすがにこの男だ。悪びれたふうもなく、ゆうゆうと落ち着きはらっている。おしげに対して、まだ残されたチャンスがあるかも知れぬと考えているのかも知れない。

袴をつけ、羽織のひもを結ぶと、黒い袋をぶらさげて、八畳のほうへ出てきた。そして、どっかとちゃぶ台の上座にすわると、

「とにかく、おしげをここへ呼んでもらおうか」

と、岩崎の顔を見てにやりと笑う。

「承知しました」

岩崎は言下に手をたたいてお島を呼ぶと、おかみさんにちょっと顔を出すようにと言いつける。まもなく、おしげがいくらかこわばった顔をしてあらわれた。

「親方、何かご用……？」

と、多門のほうへは目もくれず、岩崎にすがりつくような視線で小娘のようだ。岩崎はにこにこと童顔をほころばせながら、

「ああ、先生がね、何かご用がおありだそうだ。きっとお祝いをおっしゃってくださることだろうよ。あっはっは」

ひびきのある声で低く笑って腕組みをする。短軀《たんく》ながらもどっしりと重量感のあるその体つきと、おだやかな童顔がたのもしいのだ。

「あっはっは、おしげ、何もそうわしを怖いもんのようにせえでもええじゃないか。わ

しがいろいろしてやると、あんなにうれしがったくせに。あっはっは」

おしげは屈辱のためにほおがいったん赤くなり、それからさっと青ざめる。

「しかし、まあ、とにかくおめでとうといっとこう。ときに、おしげ……」

と、多門が何かいいかけるのを、

「ああ、ちょっと」

と、岩崎が素早くさえぎって、

「その、おしげ、おしげと呼びつけにするのだけは勘弁してください。じぶんのかかあになる女を、なんの縁もゆかりもない他人さんにむやみに呼びつけにされるのは、あんまりいい気持ちじゃござんせんからな」

あいかわらずにこにこしながら、しかし、ぐさりと一本くぎをさすような調子である。

「ううん」

岩崎を見る多門の目がぎろりと光る。そのときはじめて、多門のひとみにはげしい憎悪と敵意がもえたのは、それだけ心の余裕をうしなったこと、心の余裕をうしなったということは、それだけ敗北感を強く認識したということを示しているのではないか。

7

しかし、多門はすぐその退勢をとりもどして、

「いや、これはわしが悪かった。それじゃ、おかみ」

「ええ……？」

おしげは岩崎のそばに寄り添うようにして、はじめてきっと多門を見る。

「おまえさん、このひとのところへ走るのはいいが、ほかのことでわしのじゃまをしようたあせんだろうな」

「それ、どういうことですか」

「きょう来たお嬢さんな、おまえが何か知恵をつけたんじゃないのか」

「知恵って？」

「とぼけちゃいかん。おまえ、まさかあのお嬢さんを追いかえしたんじゃあるまいな」

「あら、とんでもない」

と、おしげは言下に打ち消して、

「一応はあがってお待ちになるようにっておすすめしたんですよ。それでもまた出直すとおっしゃるものを、むりやりに引っ張りあげるわけにゃいかないじゃありませんか。ここ暴力カフェーじゃないんですからね」

「電話もかかってこないんだね」

「ええ、かかってこなかったわね。わたしの知らぬ間にかかってきたとしても、お島が取りつがないはずはないんだから」

多門のいらだちを感ずると、逆におしげは落ち着いてくる。疑いぶかい多門の視線を、

おしげははじきかえすように見返して、

「ほっほっほ」

と、手の甲へ口をあてて、さげすむように笑うと、

「運が悪かったわねえ、先生、ほんとにひと足ちがいでしたよ。もう五、六分はやくいらっしゃればよかったのに……」

それから、相手の顔をまじまじと見ながら、急にしんみりとした調子になり、

「先生、気をおつけにならないといけませんよ。あなた、少し影がうすいんじゃない？」

「な、何を！」

と、多門は思わずちゃぶ台のはしを握りしめる。岩崎もちょっとびっくりしたような目でおしげを見る。

「だって、ねえ、先生」

と、おしげはわざとため息をついて、

「わたしのことなんかどうでもいいわね。わたしが離れてったからって、なんともお思いにならないでしょう。でもね、野方であんなことがあってから、先生、少し落ちめじゃないかと思うのよ」

「な、な、なんだって」

多門のひげが怒りのためにぶるぶるふるえる。おしげはしかし平然として、

「こんなことをいっちゃ悪いけど、奈津女さんてかたね、あたしお目にかかったことないんだけど、先生、とてもご寵愛《ちょうあい》なさってらしたんですってね。そのかたが先生をすてて逃げたというじゃありませんか。こんなこと、はじめてじゃないかしら。ほっほっほ」

おしげは多門の顔を見まもりながら、あざけるようにひくく笑う。

8

「おしげ」

多門はひげをふるわせながら、ちゃぶ台のうえから押しかぶさるように乗り出したが、そばから岩崎がせきばらいをしたので、気がついたように腰をおとすと、

「いやあ、おかみ、どうしておまえさん、それを知ってるんだ。だれに聞いたんだ。いや……」

と、疑いぶかい目をおしげにむけて、

「おまえが奈津女をかくしたのか」

「とんでもない」

と、おしげは軽くいなすように、

「わたしは奈津女さんてひとにいちども会ったことはありませんよ」

「じゃ、だれに聞いたんだ。そんなこと……瑞枝が話したのかい」

「いいえ、ここ半年ばかり、瑞枝さんにも会わないわねえ」

「じゃ、だれに……？」

　おしげが落ち着いているのと反対に、多門はまたしだいにいらだってくる。

「河村さんに聞いたんですよ」

「河村……？」

「ええ、野方のほうで書生をしているひとがあるでしょう。あのひとが四、五日まえにここへやってきたんですよ」

「河村が何しに……？」

「だから、奈津女さんを探しにきたんじゃありませんか。先生、若いひとをあんまりいじめるもんじゃありませんよ。河村さん、青くなってたわ。先生に疑われるのがつらいって……あなた、ずいぶんあのひとにひどいことをしたんですってね。ぶったり、殴ったり……」

「しかし、河村はどうしてここのうちを知ってたろう」

　多門の疑いはなかなか去らない。

「ほっほっほ、あんなことをいってるよ、このひとは……」

「何を……」

「ずっとせん、薬子さんが生きてるころ、野方から河村さんをここへ使いによこしたことがあるじゃないの。あんたの指図でさあ。河村さん、それを思い出したもんだから、ひょっとするとここへ奈津女さんてひとが来てやあしないかって探しに来たんじゃないの。だけど、おあいにくさまにゃ、あたしゃ奈津女さんてひと、うわさにゃ聞いてたけど、まだ一度も会ったことがないんでね。そういったら、河村さん、しょんぼりとして帰ってったわよ。どうしたのよう、先生、しっかりなさいよ。だから、影が薄いんじゃないって、心配してあげてるんじゃないの。ほっほっほ」

突然、多門がすっくと立ちあがった。

「おや、先生、おかえり？」

「おしげ」

多門は何か言おうとしたが、岩崎のきびしい視線にあうと、そのまま顔をそむけて、足音もあらく廊下に出る。そのあとからおしげが追っかけるように、

「お島、お島、おかえりだよう。あとで浪《なみ》の花《はな》まいといて……」

「あっはっは、おしげ、そこまで言わぬほうがいい。それより、二階の先生はどうなすったかな。まだおやすみかな」

二階を見上げる岩崎のひとみには、ほのぼのとした温かい色がうかんでいる。

9

「やあ、こりゃまた、たいそうごちそうがならびましたな」

と、浩三は湯上がりの額をてらてら光らせながら、岩崎やおしげにすすめられるままにどっかと上座につくと、

「夏子、おまえもここへ座らせていただきなさい」

「はあ、あの、でも……」

奈津女はおどおどしながら、それでもふたりにすすめられるままに、浩三のそばへきて座る。岩崎とおしげは少し下がって、ぴたっと畳に手をつかえると、

「先生、いろいろと有り難うございました。われわれふたり、なんとお礼を申し上げてよいやらわかりません」

岩崎の声は少し涙にふるえている。

「ああ、もう、そういう堅苦しいごあいさつではいたみいります。どうぞ手をあげてください。そしてまあ、ごちそうになりながら、ゆっくり話をしようじゃありませんか」

「はあ、では、失礼ながら……おしげ、おまえも御免こうむって……」

「はい」

おしげはそで口で涙をふきながら座につくと、お銚子《ちょうし》をとりあげて、

「先生、おひとつ」

「ああ、そう。では……夏子、おまえもいただきなさい。おめでたいんだから」

「はい」

みんなに杯がゆきわたると、

「いや、岩崎さん、おめでとう。いまお島ちゃんに聞いたんだが、あいつに引導わたしたんだってね」

「はい、どうやらあっちのほうも清算がついたようです。これもみんな先生のおかげで、去年のきょうのことを思うと、あっしもおしげもまるで夢のような気がいたします」

「ほんとうに、あのときはどうしようかと思いました。それを先生がポンと三百万円投げ出してくださいまして……」

「ああ、もうその話はよそうじゃありませんか。しかし、岩崎さんもほんとうにみごとにお立ち直りなさいましたね」

「いえ、もう立ち直ったどころじゃございません。岩崎組はあのころよりうんと羽振りがよくなった、ひとまわり大きくなったといわれますんですが、これもみんな先生のおかげで……おしげ、忘れぬうちに、あれを……」

「はい」

おしげは真っ白な西洋封筒を取り出すと、

「先生、失礼ですが、どうぞ」

「ああ、そう」

浩三は無造作に受け取ると、なかから小切手を引き出して額面を読み、にっこり笑って、

「いや、たしかにちょうだいいたしましたよ。夏子、これはおまえにあずけとこう」

「はい……」

奈津女はちょっとためらったのち、それでもすなおに受け取ってハンドバッグにおさめながら、

「あなた、証文のようなものは……？」

10

「ああ、いや、奥さま」

と、岩崎はしんみりとした調子で、

「それが、証文なしなんですよ。なんべん証文を差し上げても、先生は破っておしまいになりますんで、そればかりじゃございません。無利子無期限だとおっしゃって……利息なんかつけると絶交するとおっしゃいますんで」

「まあ」

奈津女は赤くなり、

「すみません、よけいなことを申し上げて」

「ほんとにねえ、奥様、あのときは驚きましたのよ。ちょうど去年のきょうなんです。親方がね、いよいよ岩崎組も解散ときまったから、じぶんのことはあきらめてくれろと

いってきたでしょう。わたし、このひとに見放されたらどうなるか自分で知ってます。それで、このひとにすがりついて泣いてたんですの。そしたら、そこへ先生がいらして、現金で百万円、小切手で二百万円お出しになって、自由にお使いなさいとおっしゃるんでしょう。親方もわたしもびっくりしてしまって……べつに深いなじみというのでもございませんのに……」

「まあまあ、おかみさん、そんなことよりもね、みんな言ってますよ、岩崎組は楽しみだ、まだまだ大きくなるだろうってね。だから、おかみさんもこのひとを大事にしてあげてください。いうまでもないことだけれどね」

「先生にそうおっしゃっていただくと、なんと言ってよいかわかりませんが、あっしのようなもんにどうしてこんなに力こぶをいれてくださるのか、それがもう不思議で……」

「いやあ、それはね、岩崎さん、相身互いというやつですよ。ぼくだって、いつあなたがたのお世話にならないものでもない。げんに、このひとのことですがね」

と、奈津女のほうへあごをしゃくって、

「ぼく、このひとと正式に結婚しようと思ってるんです。おや、夏子、どうしたんだい。おまえ、正式に結婚するのいやなのかい」

「だって……」

「あっはっは、いいんだよ。おれにまかせときゃいいんだ。ところがねえ、岩崎さん」

「はい」

「このひとみなし子なんですね。しかも、世話になってたひとから、ある人物に売り渡されたような形式になってるんです。で、ぼくはいま、このひとを買った男からこのひとを奪って、身をかくさせてるわけです」

「まあ！」

と、おしげは岩崎と顔見合わせる。

「ところが、正式に結婚する、つまり籍を動かすとなると、しぜんこのひとを買った男の耳に入るわけでしょう。このひと、それを恐れてるんですが、そんなときには、まあ、このひとの力になってやってください」

「ええ、もう、それは先生のおっしゃることなら……」

「そして、先生、このかたを買ったというのは、どこのどういう男なんですの」

「それがねえ、おかみさん、赤坂の建部多門というやつなんです。こういえば、このひとがだれだかわかるでしょう。あっはっは」

あっけにとられて口も利けないおしげと岩崎の顔を見くらべながら、浩三はうれしそうに笑っている。

捜査会議

1

野方で霊媒殺しがあってから、もう三か月にもなるのに、捜査は膠着《こうちゃく》状態で、その後いっこう進まない。新聞でまたもや迷宮入りかなどとたたかれると、本庁でも、所轄の野方署でも、面目にかけても犯人をあげねばならぬ。

八月二十六日。

事件の夜からかぞえて三か月め、野方署では本庁の等々力警部をもまじえて、あらためてこの事件を見直すために捜査会議が開かれている。

「……と、いまのところそういう段階で、関係者一同、みんなだいたいアリバイを持っておりますので……ただひとり、アリバイのない、いや、アリバイがないというより、その夜の該当時間に現場へおもむいたと自供しているものに滝川恭子があるんですが、まさかあのような年若い女の身で、あんな残忍な犯行を演じようとも思えませんのでね」

ひととおりいままでの経過を説明する山口警部補の額には、汗がびっしょり浮かんでいる。それはこのうだるような暑さのためでもあるが、同時に遅々として進展しない捜

「薬子の最近の関心と情熱は、直衛にかたむけつくされていたようです。直衛の愛情をかちとり、直衛の妻として滝川家へ入りこむためには、どんな犠牲もいとわない。というよりは、自分の身辺に起こっているどんなことも目に入らなかった。彼女の眼中にはただ直衛あるのみというような状態だったらしい。つまり、昔果たさなかった夢を、二十数年ののちに満たそうというわけで、長らくおあずけをくっていただけに、その情熱のはげしさには気ちがいじみたものがあったそうです」

「ところで、直衛のほうはどうなんだね」

「直衛はむしろしりごみをしていたようです。かつて愛した女、子供までもうけた女だが、その当時にくらべると男も女もあまりかわりすぎている。直衛はあのとおり大店《おおだな》のだんなにおさまり、子供もあり、分別もある年ごろですから、もう昔の学生時代の直衛ではない。薬子は薬子で、直衛とわかれてからずいぶんいろんなことをやってきている。男から男へとわたり歩いて、そのかずも五人や十人ではないらしい。そういう薬子にたいして、直衛は嫌悪《けんお》の情こそ感ずれ、愛情などみじんもなかったんではないでしょうか」

「それにもかかわらず、直衛は薬子におおくの金をつぎこんでいたんだね」

「そうなんです。そこにこの事件の秘密があると思うんですが、その秘密というのは、ひょっとすると去年死亡した貞子という後妻につながっているんじゃないかと思うんです」

「そうそう、貞子という女について、さっき滝川の家に複雑微妙な空気があったといってたが、それ、どういうの？」

署長はまた新井刑事のほうへ顔をむける。

「それはこうです。貞子というのは滝川の先代八兵衛氏の妾腹の子で、直衛と結婚するまでずっと妾宅でそだった女なんです。ところで、そのめかけ、すなわち貞子のおふくろは芸者だったんですが、貞子というのもいかにも芸者の娘らしい、派手な、色っぽい、なんというか、ふつうの堅気の家にはふつりあいな環境のなかでそだったんですね。ところが、恭子の母の和子というのは、それとは正反対に、まあ、いってみれば良家の子女としての教育をうけてそだった。したがって、その子の恭子も母の血をうけて、ものがたい気位のたかい性質なんですね。そういう恭子の目から見れば、まま母のどちらかといえばうわついたやりかたが危なっかしくてしかたがない。まま母だけならまだいいが、その影響を、跡取り息子の衛におよぼしてはならぬというので、ことごとにまま母と衝突していたらしい。まま母の貞子というのも、けっして悪い女ではない。いや、どちらかといえば、気の弱い善良な婦人だったそうですが、恭子のけんまくがあまりつよいので、いつもたじろぎ気味で、それからひいて、かなりひどい神経衰弱にかかっていたんですね」

6

「それからひいて、貞子という婦人は建部多門に接近していった……と見てもよいのだろうね」

と、署長がおだやかに言葉をはさんだ。

「そうです、そうです。まま子、すなわち先妻の子、しかも、その先妻というのはじぶんの異母姉であり、正腹の娘である……貞子としてはじぶんが妾腹の子であるということに、いつもひけめを感じていたわけでしょうから、そういう意味でもまま子の恭子には一目おいていた。その恭子にことごとに反抗をうけて、滝川家の主婦、あるいは恭子や衛の母としての立場に動揺をかんじているやさき、建部多門を知ったものだから、つい、信仰によって精神的な安定をえようとしていたんですね」

「そこに何か間違いが起こった……と考えられないかね」

「それはもう十分考えられることです。貞子の死は睡眠剤ののみすぎということになっていますが、過ってのみすぎたのか、それとも覚悟の自殺であったか、そこまではわかっておりません」

「遺書はなかったんだね」

「なかったそうです。いや、なかったということになっているんですね。あったとしたら、滝川家のほうで握りつぶしたんでしょう」

「他殺ということは考えられないかね」

署長の質問に対して、

「建部多門はいつか恭子がやったんじゃないかというようなことをほのめかしていた

ね」

と、等々力警部が言葉をはさんだ。

「そう、そんなことをいってましたが、しかし、それは……まさか……」

会議室にはちょっとぎこちない沈黙が流れたが、署長がその空気を転換するように、

「ときに、藤本すみ江という女中のことだが、あれはやはり薬子殺しの犯人のやったことだろうね」

「さあ、それですがねえ……」

と、山口警部補は煮えきらぬ口ぶりで、

「われわれが不思議でならないのは、犯人が何者にしろ、なぜすみ江の死体をいったんかくしたのか、それからまた、なぜのちになってその死体をあの墓地のすみの落ち葉だめへ持ってきてわれわれの目にふれるようにしたのか……それがどうも不思議でならないのですがねえ」

「不思議といえば、ピータという犬が毒殺されていたというのも不思議ですね」

と、等々力警部が言葉をはさんで、

「書生の河村の話によると、ピータというのは薬子か奈津女のあたえたもの以外は絶対に口にしなかったというんですが、そうすると、ピータを毒殺したのは薬子か奈津女ということになる。しかし、薬子がそんなことをするはずはないから、さしずめ奈津女のしわざということになりそうだが……」

「その奈津女というのは、いま、小説家の松原浩三と同棲しているんだね」

署長は山口警部補の顔を見る。

7

「そうです、そうです。あの松原浩三というのも妙な人物ですね」

「薬子事件の最初の発見者だろう。それがまた、どうして殺人事件の関係者などと同棲するような羽目になったのかね」

署長はそこに少なからぬ疑惑をおぼえるらしい。

「いや、あの男ははじめ小説家らしい好奇心から、この事件をじぶんで捜査してみようとしていたらしいんですね。それで奈津女に接触していくうちに、心をひかれていったというところじゃないでしょうか。あるいはまた、奈津女をとおしてこの事件を捜査してみようという野心を持ってるのかもしれません」

「松原浩三というのはほんとに小説家なのかね。一向、聞いたことのない名前だが……」

「いや、二、三年まえに発表した『都会のゆううつ』という小説は、だいぶん問題を起こしたらしいんですよ。戦後派じゃもっとも注目されてる作家だそうですが、寡作であまり書かないものだから……」

「奈津女にかなり金をかけてるって話だが、財産を持ってるのかね」

「ええ、それなんですがね、なかなか思いきった男で、小説家というやつは、結局、才能の切り売りみたいなもんでしょう。人気作家なんかになると、新聞や雑誌が追っかけまわしてくたくたになるまで書かせてしまう、あの男はそれがいやだというんですね。しかし、生活の根底がなければ、結局、物質の誘惑にまけてしまう。だから、作家はすべからく財産を持ってなきゃいけないってんで、五年ほどまえ、だいぶ株をやったんですね。それで、相当財産を作ったそうです」

「株をやるって。しかし、それには資本がなければなるまいが……」

「ああ、それですがね。松原のおやじというのは、もとI製糖会社の社長で、戦後砂糖不足のじぶんに、砂糖輸入でだいぶんもうけたらしいんです。ところが、昭和二十三年かに、そのおやじさんぽっくりと亡くなったんですが、そのまえに子供たちに財産をわけてしまった。浩三のもらったぶんは、当時の金目にして三、四百万円のものだったそうですが、あの男はそれを全部金にかえると、それを資本に株を買ったり売ったりしてたんですね。なにしろ、思いきりのいい男で、素人とは思えないことを平気でやったそうですが、それがまた当たったとみえて、二年あまりのあいだに、資本の数倍にのばしたそうです。すると、そこでぴたりと株をやめて、こんどは郊外に地所を買ったりしたところが、それがまた朝鮮事変以来のうなぎのぼりの値上がりで……いまじゃ不動産や有価証券、何やかやいっさいあわせると、四、五千万円も持ってるんじゃないかという話です。とにかく、いっぷう変わった気っぷの男なんですね」

「それがまた、どうしてこの事件にあんなに深く興味を持っているのかねえ」

署長の疑惑はまたまたそこを彽徊《ていかい》する。

見えざる敵

1

ちょっとした祈禱の客を送りだしてから、建部多門は手を鳴らして書生の本田を呼んだ。

「はあ、何かご用でございますか」

本田は祈禱所の入り口にひざをついたが、どこか人を食った表情である。

「瑞枝はどうした。まだ帰らんか」

「はあ、まだお帰りになりませんが……」

多門は帯にはさんだ時計を出してみる。二時である。

多門はいまいましそうに舌を鳴らして、

「ちょっ、何してるんだろう。そんなに手間を食うはずはないが……」

「はあ、でも……」

「でも、なんだね」

ぎろりと本田を見る多門の目つきはけわしかった。

「奥さん、山村さんとこへいらしたんでしょう？」

「ふむ、それがどうした？」

「山村さんとこは小田急沿線の経堂でしょう。早ひるをおあがりになってお出かけになったとしても、そうはやくは……それに、御主人の御病気がだいぶんお悪いようにうかがってましたから……」

「黙れ。おまえなんかの口出しすべきことじゃない。また、女どうしべちゃくちゃとよけいなおしゃべりをしてるんだろう。しようのないやつだ」

書生は黙って手をつかえている。心なしか多門を見る目にあざわらうような色がうかんでいる。多門はそれに気がつくと、

「何をしてるんだ。用はないからむこうへいってろ」

「はっ！」

言葉だけはうやうやしいが、本田は心のなかで笑っている。この先生ももう長くはないなと……。

本田の心をかすめた影は、そのまま多門の胸にも通じて、それがまた、多門をいらだたせるのである。

いつかおしげに指摘されたとおり、多門はちかごろ、とみに影のうすれていくのを感

じるのである。最初の打撃が薬子の死だった。あの事件以来、多門のもとからはだいぶん信者がはなれた。それは、ああいう殺人事件にまきこまれることを恐れる信者たちの警戒もあったろうが、もうひとつには、薬子というものの存在が、信者たちのあいだに、いかに大きな魅力であったかということを示しているようでもある。

しかし、あのころ多門にはまだ自信があった。奈津女をあとがまにしたてよう、奈津女ならば、まだ若くはあるし、薬子ほどすべてにおいてくずれていないから、より以上の信者を集めることができるだろう……多門はそうたかをくくっていた。

ところが、その奈津女の思いがけない失踪である。それが多門にとって第二の大きな打撃となった。

「畜生、奈津女のやつ！」

多門は、ぎりぎり、歯ぎしりをするような気持ちである。

2

奈津女をうしなったことは、多門のいかがわしい職業にとっても大打撃だったが、それ以上にかれの情欲にとって大きな寂しさだった。

奈津女をうしなってから、はじめてかれは彼女の新鮮な魅力に気がついた。それはまだくずれていないものの魅力、おしげや、瑞枝や、それから山村多恵子などとちがって、まだ固いが、その固いものをもみほぐして、自分の思うままにあやつる興味、いってみれば征服者のみが感ずる勝利の快楽だった。

その奈津女をうしなったのである。だが、奈津女はどうして自分のもとを去ったろう。多門はやっきとなって奈津女の行方をもとめた。八王子在の、奈津女が身をよせていた家へも、いくどか乗りこんでいった。しかし、そのうちでも奈津女の消息を知っていないのである。

奈津女の過去を知る多門は、そこよりほかに彼女の身をよせるところのないことをよく知っている。また、奈津女が自分の意志で、この大都会の危なっかしいうずの中へまぎれこんでいくような女でないことも知っている。

とすると、だれか奈津女を操っているものがあるのだろうか。多門はそれについて、野方の家にいる書生の河村をいくどか責めた。はじめは河村自身を疑ってもみたが、それほど度胸のある男でもないとわかると、だれか奈津女のうしろから糸をひくような人物に心当たりはないかと責め問うた。

しかし、河村にも、まさかこの事件にとっては単なるゆきずりの人でしかないように見える松原浩三が、奈津女をおびき出したとは気がつかなかった。

こうして、もう夏もすぎ、秋風の吹きそめる九月になるのに、多門はいまだに奈津女の消息をつかむことが出来ないのである。

いや、奈津女を失ったのみならず、その後、十中八九までものにしたと思われた恭子にも危いところで逃げられたうえに、数年来の悪因縁で、この女こそはと信じきっていたおしげにまで、後脚で砂をかけられるような不面目をうけた。

多門は、その後、なんどか恭子やおしげにちょっかいを出してみた。しかし、恭子はあれ以来、目黒の家に閉じこもったきり、外へ出ようとしないし、おしげはおしげで、『田川』の店をひとに譲って、岩崎の家へ入ってしまった。

岩崎には老母もあり、先妻の残した子供が三人いる。せめてかれらとの折り合いでも悪ければという多門の願いも空頼みとなって、岩崎の母はおしげを下へもおかぬほど大事にしているし、子供たちもよくなついている。

岩崎組もますます順調で、もう多門の乗ずるすきは完全になくなっている。

こうして、多門は、いままで自分の守りとしてきた女というとりでを、ひとつひとつ失っていく自分に気がついている。

これがはたして偶然だろうか。それとも、そこにだれかの……見えざる敵の手が働いているのではないか。

そう気がついたとき、多門は愕然《がくぜん》とした。

3

経堂から小田急の上りに乗った瑞枝の目からは、いつまでも山村多恵子のすがたがはなれなかった。

銀座裏のバーのマダムとして、客にあいきょうをふりまいているときの多恵子を見ると、それほどとは思えないのだが、自宅で病気の主人の看護につかれた素顔を見ると、やつれとおとろえがいたいたしく目について、あれがやがて自分の運命なのかと思うと、やりきれなさに胸がふさがるような思いだった。

多恵子の夫の直哉というのは、もう三年越しの胸の病で寝ていたが、夏の暑さがこたえたのか、この秋がおぼつかないだろうという医者の宣告なのである。

「あんな病人でも主人が生きていてくれるとまだ張り合いがあるんだけど、あのひとにもしものことがあったら、あたし、どうなるかわからないわ」

経堂の駅まで送ってくるとちゅう、多恵子は投げやりな調子でつぶやいた。

「だめよ、そんなこといっちゃ……まさか御主人にそんなことありゃしないでしょうけれど、よしんばそんなことがあったところで、あなたには喜美ちゃんというかわいいお嬢さんがいるんだから……」

ほかに慰める言葉もなくて、瑞枝はそんなおざなりをいうよりほかはなかった。

「ええ、そのことよ。それを思うと、あたし夜も寝られないことがあるの。いまのうちになんとか考えなきゃね」

いまのうちになんとか考えなきゃ……というのは、多門との関係のことである。そして、そのことは瑞枝とて同様なのだ。

「あなた、おしげさんてひとのことお聞きになって？」

多恵子は思いだしたようにそんなことをいう。

「おしげさん、どうかなすって？」

「あら、あなた御存じないの。あのひと、なんにもいわないの？」

「いいえ、なんのこと？　あたし、何も聞いてませんけれど……」

「うっふっふ、あのひと面目ないから言えないのね。おしげさんに逃げられたのよ」

「まあ。それ、ほんとう？」

「ええ、そういう話よ。なんでも立派なだんなさまがお出来になって、そのだんなさまってひとが多門に引導わたしたって話よ。これ、お店へくるお客さんからうかがったんだけど……そのときのあのひとの顔が見たかったわね。うっふっふ」

口では笑いながら、多恵子の目には涙がうかんでいる。

「あたしはもうだめだけど、瑞枝さん、あんたは係累もないんだし、身軽なんだから、いまのうちに考えたほうがよくってよ」

電車のつり革にぶらさがった瑞枝の耳には、多恵子のその一言が、いつまでも尾を引いてのこっている。

4

新宿で小田急をおりたが、瑞枝はとてもそのまま赤坂へかえる気にはなれない。遅くなれば多門のきげんが悪いことはわかっていながら、経堂で見てきた山村多恵子のみじめな印象をそのままいつまでも抱いているのはいやだった。

彼女は急に思いついて、野方行きのバスに乗ると、本堂千代吉を訪ねてみる気になった。

じつは、瑞枝はまえにもいちど、千代吉の家を訪ねたことがある。そのときはあいにく千代吉が留守で、会わずにかえったのだが……。

千代吉の家は、五、六軒マッチ箱のような小さな家がならんでいるうちの一軒だったが、その近くまでくると、瑞枝はどういうものか切ないほど胸がはずむのをおぼえる。

きょうはいてくれるかしら……もし、留守だったらどうしようと思いながら、いっぽう、家にいた場合、なんと口実をつけようかしらと、思案もまだきまらないうちに、千代吉の家のまえまできてしまった。

「あっはっは、どうだ、蝶太よ、おもしれえかっこうだろう」

とつぜん、家のなかから、千代吉のふかいひびきのある笑い声が聞こえてきた。瑞枝はそれを聞くと、はっと胸のうずくようなのをおぼえ、格子に手をかけたまま立ちどまる。

「ちゃん、それ、どういう……?」

蝶太が目をまるくしているのが見えるようである。瑞枝はうっふっふと微笑をもらした。

「どういうってな、蝶太よ、いまにちゃんがうんとごちそうをこさえてやる。おまえにも食わしてやるからな、おとなしくそこに座ってろ。おまえもお客さんにしてやる」

「うう、うう、蝶太、お客さん？」

「うん、そうだよ。坊ちゃん、いらっしゃい。何を召し上がりますか、甘いものはおあいにくさんでございますけれどもな。あっはっは」

いったいなにごとがはじまるのかと、瑞枝はくすくす笑いながら、格子に手をかけると、

「御免くださいまし」

と、蚊のなくような声である。

「ちゃん、だれかお客さんだよう」

「お客さん？　先生じゃないか」

「ううん、女のひとみてえだ」

「それじゃ、お隣のおばさんじゃねえか。蝶太よ、ちゃんは手がぬれてるから、おまえちょっと出てみてくれろ」

「うう、うう」

玄関へとび出してきた蝶太は、格子越しに瑞枝を見ると、目をまるくして、

「ちゃん！　ちゃん！」

と、息もつげないような声である。

「どうした、蝶太、お客さんはどなただい」

「おっかちゃんだよ。ちゃん、おっかちゃんだよ」

「なに、おっかさん！」

とっかわと音をさせていざりながら上がりかまちへ出てきた千代吉も、瑞枝の顔を見ると満面に笑みくずれた。

瑞枝は胸が熱くなり、やっぱり来てよかったと思う。

5

「あら、まあ、なにごとがはじまるんですの」

三畳と六畳のふた間きりの家だが、どちらもきちんと整頓《せいとん》されて、男やもめの住まいらしいじじむささは見られなかった。

せまい庭ながらもオシロイバナがいちめんに咲いている。

その六畳のちゃぶ台のむこうに、俎板《まないた》、包丁、ふきんなどをそなえつけ、そばには七輪に火がおこり、水桶《みずおけ》、醬油《しょうゆ》、味醂《みりん》など、まるで料理屋の板前よろしくのていである。

そういえば、千代吉も真っ白な割烹着《かっぽうぎ》を着て、コックのかぶるような純白の帽子を頭にのっけている。

「あっはっは、よいところへいらっした。きょうはこれから、あたしが包丁の腕前を見せようというところなんです」

　千代吉はいかにもうれしそうに笑っている。

「包丁の腕前ですって？」

　瑞枝は目をまるくしながらも、相手の楽しそうな様子につりこまれて、思わず微笑がこみあげてくる。

「ええ、そうなんで。あたしにゃ妙な道楽がございましてね、昔から包丁を持つのが好きなんです。これで、ちょっと自信があるんですよ。ところが、あるかたがね、いつまでも遊んででもつまらないから、何か商売をしたらどうか、二、三百万なら資本を出してやろうと、こう親切におっしゃってくださるんです」

「まあ、それはそれは……」

「それであたしも考えたんですが、同じ商売をやるなら、屋台でもいいから食べ物店を出したい。そしてまあ、お客さんのお好みによって包丁を持つようにしたいと、こう申し上げたんです。さいわい、あたしゃ新宿の西口に地所の権利を持ってるんですよ。そこなら、ちょうどそういう商売にむいてますし、資本もそうたくさんはいらないんです。そのことを申し上げると、そのかたがとても乗り気になってくだすって、それは面白いから、ぜひひとつやってみろ、しかし、そのまえにいったいどのくらいの腕前か、おれがひとつ試食してやろうとおっしゃって、きょうまもなくいらっしゃることになってる

んです。そういうわけですから、奥さんもぜひいっしょに召し上がっていってくださ
い」

そんなことを言いながら、千代吉はいかにも楽しそうに包丁を働かせている。なるほど、そういえば包丁さばきも鮮やかだった。

「まあ、それはそれは……でも、あたしがいちゃおじゃまじゃないかしら」

いつの間にかひざへ来ている蝶太の頭をなでながら、瑞枝はしかし、すぐにかえる気にはなれなかった。何かしら、この家のあたたかい空気が彼女をそこに引きとめるのだ。

「いえ、もうそんなことは……決して御遠慮のあるようなかたじゃございませんから……蝶太よ、先生はまだいらっしゃらないか、ちょっと表へ出てみろ」

だが、そこへ表にくつ音がきこえたかと思うと、がらりと格子のあく音がして、

「千代さん、いるかい」

と、元気よく入ってきたのは松原浩三。

6

「ありゃりゃりゃりゃ」

浩三は六畳の敷居ぎわに立ちどまると、蝶太をひざに抱いている瑞枝と千代吉を見くらべて、わざと目玉をくりくりさせる。

「これは驚いた。千代さん、千代さん、おまえさん、うまいことやってるじゃないか。あっはっは」

浩三はうれしそうに笑うと、瑞枝にむかってペコリとお辞儀をし、

「やあ、いらっしゃい。よいところへいらっしたな。これからひとつ、千代さんの包丁のさえを見せてもらおうじゃありませんか」

「はあ、あの、はじめまして……」

相手のいやになれなれしいのに、瑞枝はいくらか気味悪そうである。

「奥さん、こちら松原浩三さんといって、小説をお書きになるかたです。先生、あなたはこちらを御存じですか」

千代吉は包丁の手をやすめて、浩三の顔を見る。

「ああ、ちょっとね。しかし、奥さんのほうは御存じあるまい。ぼく、松原浩三です」

もういちどペコリとお辞儀をすると、

「坊や、坊や、おまえうまいことやってるな。おっかさんのひざに抱かれて、甘ったれてるじゃないか」

「うう、うう、うっふっふ」

蝶太ははずかしそうに瑞枝の胸に頭をよせて、帯留めのパチンをいじっている。

「先生」

と、千代吉は注意ぶかく浩三の顔を見まもりながら、

「いつかあたしに手紙で注意してくだすったのはあなたですか」

「注意ってなにさ」

「いえさ、赤坂の建部多門さんのところへいって、蝶太の病気をみてもらえって、あたしゃそういう無名の手紙をもらったんですよ。それで、赤坂へお伺いして、はじめてこの奥さんにお目にかかったんです」

「あっはっは。そんなことは知らんね」

浩三はけろりといったが、急に思い出したように意地の悪い目つきになり、

「奥さん、奥さん、この千代さんに気を許しちゃいけませんぜ。このひとね、女にかけちゃとてもすご腕なんだから」

「あれ、先生、どうしてそんなことおっしゃるんです」

「だってさ、ねえ、奥さん、奥さんは御存じかどうかしりませんが、上野駅の近所にゃ温泉マークの旅館がいっぱいあるんです。ぼく、いつか女の子をつれてそこへいったところが、なんと、その横町からお嬢さんがひとりとび出してきた。そのお嬢さんてえのをぼくはちょっと知ってるんですが、日本橋の大きな呉服店のお嬢さんなんですがね。あれっと思ったね。いったい、だれとこんなところへ来たのかと思ってると、なんと、そのあとからのこのこ出てきたのが、この千代さんじゃありませんか。千代さん、千代さん、あれ、いつじぶんだったかね。まだ梅雨ごろだったたね」

千代吉は返事もせずににやにや笑っている。瑞枝はちょっと青ざめる。

7

「先生、先生」

と、千代吉は包丁を動かしながら、

「あなたはずいぶん疑いぶかいかたですね。あのとき申し上げたじゃありませんか。あのお嬢さんが不心得を起こしそうになさいましたので、さるかたに頼まれて、御意見をしにまいったんですって」

「そんなことわかるもんか。ねえ、奥さん」

瑞枝はなんと答えてよいかわからず、ただ、

「はあ」

といったきり、蝶太の頭をなでている。

「それより、先生、先生こそあれからどうなさいました」

「ああ、あれからね、『田川』ってうちへいったよ」

「田川……？」

瑞枝と千代吉はぎょっとしたように顔見合わせる。

「なんだ、なんだ、ふたりで何を目配せしてるんだ」

「いや、何も目配せしてるわけじゃありませんよ」

「あっはっは、でもね、千代さん、面白かったよ。あんときね、お嬢さんを呼びだしたと思われる男が『田川』へ来たんだ。お嬢さん、しんに危機一髪だったね。一度『田川』へ来たというんだからね。ところが、そのときはまだ男が来てなかったんで、また出直してくるととび出した直後へその男が来たんだ。お嬢さんはそこらをひとまわりしてまた引き返してくるところを、だれかさんが御意見申し上げたという順序になるらしいんだね」

「まあ」

瑞枝と千代吉はまた目を見交わす。

「しかし、先生、先生はどうしてそんなに詳しい事情を御存じです」

「だって、おれ、『田川』のおかみと懇意だもの」

「まあ」

瑞枝ははじかれたように浩三の顔を見て、

「あなた、おしげさんを御存じですか」

「ええ、知ってますよ。いまでもつきあってます」

「おしげさん、どうしていらっしゃいますの」

「幸福に暮らしてますよ。土建屋の親方のおかみさんにおさまってね。そうそう、あの日ね、あのお嬢さんを呼び出した日さ。『田川』のおかみ……いまじゃ岩崎夫人ですがね、だんなの岩崎さんてひととふたりで、あの男に引導わたしちゃった。あいつ、お嬢さんには待ちぼうけ食わされるわ、おしげさんには振られるわ、踏んだりけったりで、きょうはいかなる悪日ぞやというわけでしたね」

千代吉にはその話はよくわからないが、瑞枝にとっては魂に食い入る話である。

浩三はなに食わぬ顔をして、

「だからねえ、千代さん」

「はい」

「あいつに見込まれた女ね、必ずしも逃れられぬということはないんだ。ちゃんとした立派な男が、愛情をもって女を迎えてやればね」

瑞枝は青ざめてふるえている。

8

しばらく味のふかい沈黙がつづく。千代吉は何か考えながら、無心に包丁を働かしている。蝶太はふしぎそうに三人の顔を見くらべる。

とつぜん、浩三が思い出したように、

「ときに、千代さん」

「はあ」

「ぼく、まえから聞こう聞こうと思ってたんだけどね、あんた、軍隊にいたとき、階級はなんだったの。少佐……？　中佐？」

千代吉は文字どおりびっくり仰天したように浩三の顔を見ると、

「先生」

と、ちょっと息をはずませたが、すぐ落ち着きを取りもどして、

「先生はどうしてそんなことを御存じなんです」

「そりゃ、おれ、探偵だもの。メイ探偵だよ、おれ……あっはっは」

浩三はのんきらしく笑いながら、

「しかし、あんたの年齢からかんがえると、ずいぶん昇進がはやかったんだね。よっぽど優秀だったとみえるね」

「優秀だなんて、そんな……」

と、千代吉は瑞枝のほうに気をかねながら、うつむいて包丁を使っている。

瑞枝はいくらかびっくりしたような目で、千代吉の顔を見まもっている。

「あっはっは、なにもそんなに謙遜《けんそん》しなくてもいいじゃないか。ぼく覚えてるよ。本堂千代吉大尉の奮戦記を……新聞に大きく報道されたもの。あれはまだ事変の初期だったね」

「先生、先生、あんた、どうして突然そんなこといい出したんです。あたしゃもうそんなこと忘れてましたよ」

「なにさ、あんたがね、ちゃんとした立派な男だってことをいいたかったのさ。それに、千代さん、あんた愛情大いにあるんだろ。あっはっは」

耳たぶまで真赤になった瑞枝の顔を見て、千代吉のほおもうすく染まる。

「そりゃね、愛情は大いにありまさ。しかし、こんな体になっちゃもういけません。それに、そういうコブつきじゃアね」

「そういう体だからこそ、愛情の対象が必要なんじゃないか。それに、コブつきのところがいいんだよ。ねえ、奥さん、そうじゃありませんか」

瑞枝は、蝶太をひざに抱いたまま、火の出るような顔をしている。額に汗のにじんでいるのは、必ずしも時候のせいではないらしい。

しばらくして、

「先生、あんたはずいぶんおせっかい屋さんなんですね」

と、しかし、千代吉はまんざらうれしくなくはない顔色である。

「あっはっは、ごめん、ごめん。じゃ、もうよそう」

「いいえ、よさなくってもよござんす。そういうおせっかいなら大いに結構。ところで、先生」

と、千代吉はきっと浩三の顔を見る。

9

「うん、なに？」

「いまお話のあった『田川』のおかみさんというひとね、だれかさんに引導わたしたという……」

「うん」

「そのひと、ちゃんとした立派なだんながてきて、それでだれかさんの金縛りからのがれたとおっしゃいましたね」

「ああ、そうだよ」

「その、ちゃんとした立派なだんなと『田川』のおかみさんの仲というのも、先生がおせっかいをなすったんですか」

瑞枝はどきりとしたように浩三の顔に目をやった。浩三はけろりとして、

「ああ、いくらかね。いや、大いにけしかけたんだ、ふたりの仲をね。それというのが、その土建屋さんというのが、ちゃんとした立派な男だからね。ちょうど千代さんのようにさ」

「これは恐れ入りました。それからねえ、先生」

「なんだい」

「あんとき、先生とごいっしょだったきれいなひとね、あたしゃあのひとに見覚えがあるんですよ」

「そりゃあるだろうねえ」

「あの御婦人のことは、ここで申しませんけどね。あのかた、その後どうしていらっしゃいますか」

「まあ、一応幸福に暮らしてるよ。少なくとも以前よりはね」

「先生」

千代吉はじっと浩三の顔を見ながら、

「あなた不思議なひとですね。いったい、どうなさろうというんですか」

「いや、べつにどうということはないんだ。ただね、不幸に悩んでるひとを見るの、だれだっていい気しないじゃないか。だから、まあ、それぞれ幸福になるようにって、おせっかいをしてるだけさ。ときに、奥さん、奥さん」

「はあ」

瑞枝は上気したような顔をあげる。いくらか目がうるんでいるようだ。

「むこうの台所にね、ビールが冷やしてあるでしょう。あれを持ってきてお酌《しゃく》をしてください。きょうは千代さんの店開きなんだが、料理屋におかみさんがいないというのは不粋なもんだ。ひとつ、きょうは千代さんのおかみさんになってあげてください。これから四人でままごとしましょうや」

「はい」

瑞枝はひざから蝶太をおろすと、すなおに立って台所へ行く。

「あっはっは、なるほど、先生はそういうふうにしておせっかいをなさるんですね」

「ああ、そうだよ。ぼくはいたって物好きな性分でね」

「あの、あなた」

台所から瑞枝が顔を出して、

「ビールの栓抜《せんぬ》きはどこにございますの」

瑞枝ははにかみながらも、なんとなく息がはずむような気持ちである。

10

「ああ、これはうまい。これなら本物だよ。どれどれ、こっちは……？」

千代吉がこぎれいに作って出す小鉢物《こばちもの》を、浩三はひとつひとつ箸《はし》をとって味わいながら、

「ふうむ。ねえ、千代さん、奥さん」

「はい」

「じまんじゃないけど、おれたちの仲間、相当、口がおごってるもんなんだ」

「それはそうでしょう、先生」

「だからはっきりいえるが、これ、ちょっと屋台には惜しい腕前だよ。こっちのほうはどうかな」

と、箸をつけてみて、

「奥さん、奥さん、あんたもひとつおあがんなさい。これ、ほんとうにうまいよ。千代さん、これ、どういう……？」

た松原浩三は、資生堂のまえまで来ると立ちどまって、

「じゃ、ぼくはここで失敬する」

「ああ、そう。じゃ、さっきのこと頼んだよ」

「うん、考えてみる」

「考えてみるじゃ困るよ。今度はきっと書いてもらわにゃ……」

「ああ、書くよ、書くよ。最近ちょっと書いてみたい気が起こっているんだ」

「じゃ、大丈夫だね。今度すっぽかされたら、おれクビだぜ」

「大丈夫、大丈夫、きっと書く」

「じゃ、お願いします、先生」

「勝手にしやアがれ、あっはっは」

友人とわかれて資生堂の角をまがると、やがて浩三はこうもり傘《がさ》をつぼめるようにして、せまい路地へ入っていった。路地の右側に、
Red Flower（レッド・フラワー）

と、赤地に白く染めぬいた四角い軒灯が、雨にぬれて、わびしげに光っている。

こうもり傘をすぼめて、レインコートの滴を切るように、二、三度とんとん足踏みをしていると、内側からドアが開いて、顔を出した女が、

「あら、先生、しばらく。ずいぶんお見限りね」

と、浩三の手からこうもり傘をとる。

「何をいってんだ。先月来たとき、おまえ休んでたじゃないか。あんときはどこいってたの。お楽しみの筋だったたんだろう」

「そんなんならいいけど、体のぐあいが悪くて休んでたのよ」

「あっはっは、ずいぶん都合のいい体だな。だれかさんが恋しくなるとぐあいが悪くなるんだってね」

「知らない！」

「しいちゃん、そこで何をぐずぐずいってるのよう。先生でしょ？　早く引っ張ってらっしゃいよ。先生、いつまで雨のなかに立ってるのよ。早く入ってらっしゃい」

ドアのなかから声がする。

「はいはい」

と、浩三がドアを入ると、薄暗いすみっこのソファーに客がひとりいるだけで、どのテーブルもあいている。

「おやおや、これはまたひどく閑散だね」

「そうよ、ちかごろ毎晩こうなのよ。まったくくさっちまうわ。先生、今夜はなんとか景気をつけてちょうだい」

「あっはっは、よしよし」

よい客と見えて、浩三が席につくと、三人いる女がまぶれつくようにそばへやってくる。

「しい公、マダムは？」

「奥にいらっしゃるわ。そうそう、先生、御存じ？」

「何を？」

「マダムのだんなさま、とうとうおなくなりなすったのよ」

浩三はギクッと体をふるわせる。

2

「いつ？　それ？」

「きのうが初七日だったのよ」

「そうか、おれ、ちっとも知らなかった。そんなに悪かったの？」

「ええ、この秋があぶないだろうとはマダムもいってたの。でも、こんなに急とは思わなかったわ」

「そんなんなら、知らせてくれるとよかったのに。悔やみにいくんだったよ、おれ。あの御主人にはお目にかかったこともあるんだから」

「あら、先生、マダムのだんなさまにお会いになったことあるの」

「うん、おれ、経堂に友人がいるもんだから、ずっとせん、遊びにいったら道に迷って、ぐるぐる歩いているうちに、表札にマダムの名前が出ているのを見つけたもんだから、ちょっと寄ってみたんだ。マダムの家、経堂だってこと聞いてたからね」

「あらまあ」

「何があらまあだい？」

「うっふっふ、先生おかしいわ。そんなに言い訳なすっちゃ……」

「先生、そんなにマダムに御執心だったの」

「バカ！　何いってるんだ。御主人がお亡くなりなすったというのに、つまらんことというもんじゃない」

浩三のきびしい顔つきに、女たちはちょっと鼻白んで、

「あら、ごめんなさい」

「あっはっは、まあ、いい。だけど、マダム、悲観してるだろう」

「ええ、すっかり」

「マダム、とってもだんなさまを愛してらしたんですものね」

そんなに夫を愛していながら、ほかの男の肉体にひきずられていく女の宿命のあわれさを、浩三はしみじみ思わずにはいられなかった。

「まあ、何かおくれよ。君たちも好きなもんおあがり。そんな話を聞くと、おれ、なんだか心が暗くなった。今夜はひとつ酔おうか」

「ええ、先生、マダムのために泣いてあげてちょうだい。マダムもまもなく出てらっしゃるわ」

「だれかお客さん？」

「ううん、例のよ。先生も御存じでしょう。憎らしいっちゃありゃしない」

「ああ、そうか」

浩三は暗い顔をして、

「おい、今夜は酔おうよ。酔っ払って、うんと騒ごうよ」

「オーケー」

カウンターのなかへ駆けこんだ女が、ウイスキーをびんごとわしづかみにしてくると、

「加代ちゃん、グラスとおつまみもの頼むわよ」

「おい、だけど、あっちのお客さん、ほったらかしといていいのかい」

浩三が低い声でたずねると、

「いや、あっちのお客さんも、ひとつそっちへ合流させてもらいましょうか」

ソファーのむこうから声がした。

3

さすがに浩三もどきっとする。手にしたグラスからウイスキーが少しばかりひざにこぼれた。

「松原さん、しばらくでしたね。あのときは失礼いたしました」

ソファーのむこうからのこのこ出てきたのは、なんと、金田一耕助である。例によっ

てスズメの巣のような頭をして、よれよれの着物によれよれの袴をはき、合いトンビのまえをだらしなくはだけている。

「あっはっは、だれかと思えば、金田一さん、妙なところでお目にかかりましたな」

「そうでもないでしょう。会うべきところで会ったというわけじゃないでしょうか。あなたもあの一件の研究をしていらっしゃるそうですから」

「あ、なるほど。そういえばそうです。さあ、どうぞ、そこへお掛けください」

「それじゃ失礼して、ひとつ合流させていただきましょう」

金田一耕助は浩三のはす向こうに席をとる。

「先生、こちら御存じ？」

「うん、知ってる。君たちは？」

「いいえ、あの、存じませんの」

「ああ、そう。こちらはね、金田一さんといって、ある方面では有名なかたなんだ。金田一さん、あのときは失礼しました。あなたがそんなに有名なかただとは知らなかったもんですから……あとで友人に聞いておどろきました」

「いやあ、べつに有名じゃありませんが……さぞ変なやつが現れたとお思いになったでしょう」

「正直にいってそうでしたね。あっはっは、おい、金田一さんに何か差し上げてくれ。金田一さん、何を……」

「じゃ、ぼくもウイスキーをいただきましょう。ハイ・ボールにしてくれたまえ。そう強いのは飲めないから……ときに、松原さん」

「はあ」

「あなた、いまわたしのことで驚いたとおっしゃったが、じつはわたしもあなたのことで驚いたんですよ」

「はあ、どういうことで？」

「あなたがとてもお金持ちだということね。それから、そのお金をどうしてお作りになったかということ……とにかく、度胸のいい思いきったかただということを、あの時分はまだ知らなかったもんですから」

「いやあ、そうおっしゃっていただくほどの男ではありませんがね。しかし、金田一さん、あなた、あの一件をずっと……？　ぼく、あとで友人からあなたのことをいろいろ聞いて、そんな人が関係してるんなら、まもなくあのほう解決するだろうと思ってたんですがね」

「いや、なにもわたしが関係したからって、そううまくいくはずはありませんが、じつはちょっとほかに手の抜けない用件があったもんですから……」

「そのほう、手が抜けたんですか」

「ああ、やっと」

「じゃ、あの一件もいよいよ解決近しというわけですな。あっはっは」

4

「いや、そうは問屋がおろしませんがね」

と、金田一耕助はにこにこしながら、

「しかしねえ、松原さん」

「はあ」

「こっちのほうの一件、さしあたりだれがどうのこうのってことはないでしょう。それでわたしもべつの一件に没頭してたんですが、といって、全然こっちのほうを投げ出してたわけでもないんです。あるひとに頼んで、一応調査はつづけていたんです」

「それはそうでしょう」

「ところが、ぼくが頼んだあるひとというのがズブの素人でね、むつかしいことはできません。そこで、ぼく、ちょっとずるい方法を考えたんですよ」

「ずるい方法とは？」

「つまりね、あなたもあの一件に興味をもって研究してらっしゃるということを伺ったもんですから、そのひとにあなたの行動に注目しているようにと頼んだんです。それくらいのことなら素人にだってできますからね」

「あっはっは、それはそれは……」

「つまり、あなたの得られた研究の成果を、あわよくばこっちで横取りしようというわけです。あなたが聡明《そうめい》なかただってことは、わたしもあのとき感じましたからね」

「そうすると、その素人のひとってのは、ぼくを尾行してたわけですか。あっはっは、怖い、怖い」

「ええ、まあそういうわけです。あなたと、もうひとりの人物をね」

「もうひとりの人物とは？」

「あなたがちかごろとくに昵懇《じっこん》にしていらっしゃる人物……あなた、あのひとをなんとか身の立つようにって、尽力していらっしゃるんじゃないんですか。最後のひとりをある人物から奪うために」

「ああ、よく御存じですね。もっとも、あのことはあなたがヒントをあたえてくだすったんですからな。鶴巻の宿で……あのひとがいなくなったら、あの男もさぞ困るだろうってね。ぼくもなるほどと思ったもんだから、H君をけしかけて、あっちへ接近するようにしむけたわけです。しかし、ああうまくいくとは思いませんでしたね」

「うまくいきそうですか」

「どうやらね。もうひとといきというところでしょう」

「あっはっは、面白いな」

金田一耕助はもじゃもじゃ頭をかきまわしながら、にこにこと笑っている。

「しかし、金田一さん、あなたはそういうぼくの行動をどうお考えになってるんですか」

浩三はウイスキーのグラスを持ったまま、さぐるように相手の顔を見る。

「べつにどうって……現在の段階ではね。まあ、あなたは小説家だから、原稿紙のうえにペンで人物を躍《おど》らせるかわりに、実在の人物をあやつって、小説を演出していらっしゃるんだと思ってます。だが、『田川』のおかみの件の鮮やかさには、ぼくもつくづく敬服しましたよ」

そのとき、ボックスの向こうから、かすかな驚きの声がきこえた。

5

真っ青な顔をして浩三の背後に立っているのは山村多恵子である。浩三は気がつかなかったけれど、金田一耕助にはその姿が見えていたはずなのだから、いまの一言は多恵子に聞かせるためであったかも知れない。

浩三はちょっとくちびるをかんで、金田一耕助をにらむようにしたが、すぐ顔色を取りもどすと、

「ああ、マダム、そこにいたの？　お客さんは？」

と、気になるように奥を見る。

「ええ、さっきかえりました」

いくら化粧をしてもかくしきれないやつれのために、いっそう大きく見える目をみはって、多恵子はまじまじと浩三の顔を見詰めていたが、やがて、ほのかな微笑をうかべると、

「なんだか面白そうなお話なので、さっきからここで聞いてたんですけれど……」

と、もう一度、浩三の顔をまじまじと見なおして、

「先生、そこへ行ってもよくって？」

「ああ、おいでよ、おいでよ」

くずれるように横へくる多恵子の体をかかえるようにして、

「マダム、君もお飲みよ。飲んで今夜は酔っ払おうよ。おれ、ちっとも知らなかったんだ、御主人がお亡くなりなすったってこと。そんなんなら知らせてくれりゃよかったのに……」

「先生、もうそのことは言わないで……切なくなるから……それより、酔わして……ハルちゃん、あたしにもウイスキーちょうだい」

ハル代がつぐウイスキーを、多恵子はひといきに飲み干すと、

「先生、こちらは……？」

「ああ、このひとはね、金田一耕助さんといって、有名な探偵さんなんだ。私立探偵ってやつだね。すごいんだぜ。なにしろ、どんな犯人でもひと目でぴたりというひとだからね」

「あらまあ」

女たちは気味わるそうに顔見合わせる。

「だから、君たちもうしろ暗いところがあったら、このひとを警戒しなきゃいけない。あっはっは。もっとも、君たちの関係するであろうようなちっぽけな事件なんて、このひと歯牙《しが》にもかけないけどね。ねえ、金田一さん、そうでしょう」

浩三はそろそろ巻き舌になっている。金田一耕助はなんにもいわずに、ただにこにこと笑っている。

「先生」

多恵子はいくらか赤みをおびてきた顔で、浩三と金田一耕助を見くらべながら、

「いまこのかたのおっしゃった『田川』のおかみさんというのは……」

と、浩三の耳に口をよせ、

「おしげさんのこと?」

と、ほかの女たちに聞こえぬように、小さい声でささやいた。

「あっはっは、金田一さん、おぼえてらっしゃい。ばれちゃったじゃありませんか。あっはっは」

「まあ!」

浩三にかかえられた多恵子の体がぎくりとふるえ、顔から血の気がひいていく。

6

話がなんだか秘密を要する事態にふれてきたらしいのを察したのか、女たちはさりげなく浩三とマダムのそばをはなれて、むこうのすみのテーブルに席をうつした。

金田一耕助は、しかし、あいかわらずにこにこしながら、ふたりの様子を見まもっている。

「先生」

多恵子は、相手の体を吸いこんでしまいそうな目で、まじまじと浩三の顔を見つめながら、声をひそめて、

「あなた、奈津女さんてかた御存じ?」

「ああ、知ってるよ。どうして?」

金田一耕助の顔を見ながら、浩三はちょっと照れたように赤くなる。

「そのかた、いまどこにいらっしゃるか御存じ?」

「どうしてそんなこと聞くの? ああ、あの男がなにか言ったんだね」

「先生」

多恵子はちょっと息をはずませると、低くしゃがれた声で、

「気をつけてください。あのひと気づいたらしいわよ」

「ああ、もうそろそろ気づいてもいいころだね。何かいってた？」

「ええ、あの、松原浩三って小説家がここへ来やあしないかって……」

「ああ、そう。それで、マダムはなんていったの」

「あたし、なんにも知らなかったから、ええ、ちょくちょくいらっしゃいますと答えたの。そしたら……」

「そしたら……？」

「あの男には気をつけなさい。あれは有名な色魔だからって」

「あっはっは、色魔はよかったね。それで……？」

「奈津女を誘惑したのもあいつにちがいない。おしげのことでもちょっかいを出したらしい。いまにきっと目にもの見せてくれるといきまいてたわ」

「あっはっは、そいつは怖いな」

浩三は、しだいに酔いのふかくなる目で、平然とわらっている。

多恵子はなおも浩三の顔から目をはなさず、

「おしげさんてかたによいだんなさまができて、あの男から離れてったってこと、ここへいらっしゃるお客さまから伺ったんだけど、先生のおなかだちでしたの」

「あっはっは、そんなことはおれ知らんといいたいが、ここに何もかも御承知の金田一さんというかたがいらっしゃるからだめだね。おれのなかだちってわけじゃないけど、ふたりが結ばれるについては、いくらかお役に立ってあげたね」

「いくらかじゃないでしょう。あなたというひとがいなかったら、おそらく、彼女は永遠にあの男の金縛りから救われることはなかったでしょうね」

金田一耕助は、何かの暗示をあたえるように、多恵子の視線をとらえている。

7

「まあ！」

多恵子は青ざめたくちびるをふるわせながら、大きく息をはずませて、

「それじゃ、おしげさん、いま幸福でいらっしゃるのね」

「ああ、とても幸福そうだね」

「奈津女さんも……」

「うん、あの子も」

「それから、いまこちらがいってらっしゃった最後のひとりってのは、瑞枝さんのこと？」

浩三と金田一耕助のあいだに、稲妻のような視線がかわされるのを見て、

「いいえ、あたし、そんなこと決してあの男にしゃべりゃしないわ。それじゃ瑞枝さんも救われるあてがあるのね」

「うん、まあね、十中八九、大丈夫だろうと思ってるよ」

「先生」

多恵子は涙のきらきら光る目を浩三にむけて、

「あなたはいったいどうしてそんなこと……」

と言いかけたが、急にぞくりと体をふるわせると、金田一耕助の視線から顔をそむけて、

「いえ、あの、そんなこと、どうでもいいわ。それより、あたしはどうなるの。先生、あたしのことも何か考えてくだすってるんでしょう」

「ああ、マダムのこともせんから考えてるんだけどね。マダムにはだんなさまがあったから、いままで手の打ちようがなかったんだ」

「ありがとう」

多恵子はひくくつぶやくと、放心したような目で虚空の一点を凝視していたが、

「先生、あなたはいいかたね。今夜はうんと酔っ払いましょう。ウイスキーをついで」

「うん」

浩三はウイスキーをついでやると、

「しかし、そのまえに、マダムのことについて相談しようよ。酔っ払うのはそれからでもいいよ」

「いいえ、あたしはもうだめ。もうとっても救われっこないわ」

「そんなやけを起こしちゃだめだ。最後のひとりだって、『田川』のだってみんなそう思いこんでたんだけど、ひとりは救われ、いまひとりもいままさに救われかけてるんだ。

何かいい方法があるよ、きっと……ねえ、金田一さん」

「いや、ぼくにはよくわかりませんが、しかしねえ、マダム」

「はい」

「松原君というひとは、ちょっと不思議な人物ですね。一種の英雄ですよ、このひとは……ひとつ相談に乗ってもらうんですな」

「あっはっは、英雄は困るけど、ひざとも談合ということがあるからね」

「先生」

浩三の顔を真正面から見すえる多恵子のひとみには、一種の強い光がこもっている。

「先生は奈津女さんてかたを愛してらっしゃいますの」

8

浩三はぎょっとしたように多恵子の顔を見返したが、相手のきびしい視線にあうと、

「ああ、とっても」

と、低い声でつぶやいて、

「近く正式に結婚しようと思ってる。どうして……」

「いいえ、あの……おめでとう」

多恵子は青い顔をしてしゃがれた抑揚のない声でつぶやいたが、急に思い出したよう

に、

「先生、あたしはもうだめだけど、ひとつだけ先生にお願いがあるの」

「うん、どんなこと？」

「喜美子のこと……あの子をなんとかしなきゃ……あいつが危くって……」

金田一耕助も浩三もぎくっとする。

「喜美ちゃん、いくつになる？」

「いま中学の三年だけど……うちへおいとけないような気がするの」

「あいつが手を出しそうなの」

浩三の目に怒りの色がもえあがる。

「ええ。主人が生きてるあいだは大丈夫だったけど……あの子を見るあいつの目つきが、とても危険なような気がするの」

「喜美ちゃん、きれいだからなあ」

浩三は暗いため息をついて、

「それじゃ、こうしたらどうかな。ぼくの知り合いがちかく食べ物店を出すんだ。屋台店だけどね。そこでちょうどその年ごろの女の子をほしがってるんだ。そこへ預けたらどうかな。商売は夜だけだから、学校へもいけるし、そのひと、とても信頼できる立派な人物なんだ。それに……最後のひとりね」

「ええ」

多恵子はぎょっと浩三を見る。

「あのひとがその食べ物店のおかみさんになりそうな気がするんだ。あのひとならマダムも信頼できるだろ？」

多恵子は無言のまま、大きくみはった目でまじまじと浩三の顔を見つめていたが、そのひとみには強い感動の色がうかんでいる。

「先生、あなたはすごいかたね。しかし、そんなことがあいつにわかったら……あいつ、とっても怖い男よ」

「そんなことは百も承知だ」

「だって、先生の身にもしまちがいが起こったら……」

「それも覚悟のうえのことだ。おれ、はじめっから命を捨ててかかってんだ。ねえ、金田一さん、そうじゃありませんか。あっはっは」

ぎらぎらと酒の酔いのういている浩三のひとみに、凄然《せいぜん》たる炎がもえあがる。

「先生」

だしぬけに多恵子がその胸にむしゃぶりついて、

「キスして……一度でいいの。一度だけ強くキスして……それから、うんと酔わせて……」

「うん、よし」

気が狂ったように強く、はげしく抱きあう浩三と多恵子をあとに残して、金田一耕助は暗い雨のなかへ出ていった。

女という砦《とりで》

1

あやしい香気のたちこめたほの暗い部屋のうちにのべられた床のなかに身を横たえて、多門は瑞枝を待っている。膚のもの一切が脱ぎ捨てられているところを見ると、今夜の御祈禱はとくべつに念を入れるらしい。

多門にいま残されている女といえば、瑞枝と多恵子だけである。多恵子のほうは目のうえのコブともいうべき亭主も死んだことだし、数日まえにレッド・フラワーへ赴いて、懇切丁寧に御祈禱をしておいたから当分大丈夫だが、瑞枝の態度にちかごろいささか解せぬ節がある。

まさかこの家まで見えざる敵の手がのびているとは思えないし、また、めったに外出することのない瑞枝に間違いがあろうとは思えないが、用心にしくはない。

見えざる敵、松原浩三のことを考えると、多門は腹が煮えくりかえるようだ。

多門はまだ一度しか浩三にあったことがない。いつか野方の家の裏の墓地から、藤本すみ江の死体が発見されたとき出会った男がそれであったと思い出しても、それがどんな風貌《ふうぼう》の男だったかよく思い出せない。

野方の家の近所や、おしげの亭主になった岩崎の知人のあいだに手をのばして調査したところによると、奈津女をつれだしたのも、岩崎を援助しておしげと夫婦になるようにしむけたのも、たしかに松原浩三と思われる。

多門は歯をギリギリとかむ思いで、一度浩三と対決したいと思いながら、なぜ相手がそんなまねをするのか、その理由、動機がわからないだけに薄気味悪い。

ひょっとすると、偶然そんなまわりあわせになったのではないかと思ってもみたが、レッド・フラワーへも姿を見せると聞いては、もう偶然とは思えなかった。

あいつはおれから女という女をことごとく奪い去るつもりなのではないか。女という砦《とりで》をひとつひとつ落としていって、おれを丸裸にするつもりなのではないか。そうすると、瑞枝の身辺にも手がのびておらぬとも限らない。

よしよし、今夜、御祈禱のおわったあとか、あるいはそのさなかに瑞枝を責めて、もしそんな気配があるのならどろを吐かせてやろう……。

多門はむっくりまくらから頭をもたげる。ふすまが開いて、瑞枝が無言のまままくらもとに立った。

「瑞枝、何をぐずぐずしているんだ」

多門は強い声でいったが、すぐ言葉をやわらげて、

「さあ、早くここへおいで、今夜はな、とくべつにな……あっはっは」

と、のどにひっかかったような声で笑う。

ほの暗い灯の影に立った瑞枝の顔は真っ青で、憎悪と屈辱にゆがんでいる。それでいながら、下から見上げる多門の視線に捕えられると、帯に手をかけずにはいられない。

瑞枝は帯留めのパチンをはずした。

だが、そのときである。

「火事だ！　火事だ！」

と、突然、ひとびとの立ちさわぐ声がきこえたかと思うと、キナ臭いにおいがプーンとふたりの鼻についた。

2

火事は隣家から出たらしい。発見がおくれたとみえて、もう相当もえひろがっているらしく、縁側の欄間が焦げつくように明るんでいる。しかも、風はかなりの強さでこちらへむかって吹いているのだ。

多門はがばと床のうえにおきなおったものの、そのままではとうてい部屋の外へ出られる姿でないことに気がつくと、

「瑞枝！　瑞枝！」

と、息をはずませて、

「祈禱所の祭壇のうしろの壁にかくし金庫がある。合い言葉はナ・ツ・メだ。そのなかに小さな手提げ金庫があるから、それを持ち出しておいてくれ」

瑞枝はすぐに帯留めをしめなおしていた。多門の言葉を聞くと、返事もせずに部屋からとび出す。

祈禱所のかくし金庫は、かねてから瑞枝もひそかにつきとめて知っている。ただ、金庫の合い言葉がわからないために、今夜まで機会を待っていたのだ。

瑞枝は祈禱所へとびこむと、祭壇のうらへまわって、板壁にたくみにカムフラージュされたバネじかけのドアを開いた。板のドアのおくに、つめたく光るかくし金庫のドアがある。

瑞枝は胸をどきどきさせながら、わななく指でかくし金庫のダイヤルをまわす。

隣家をとりまいてののしる声、立ちさわぐ物音、パチパチものすさまじく木のはじける音がいっそう瑞枝の興奮をあおりたて、ひりひりとのどの焼けつく感じである。

ナ——ツ——メ
ダイヤルの符丁があって、ガタンと音がするのを聞きすましてドアを開くと、はたして、なかには小さな鉄の手提げ金庫がある。

瑞枝がそれを取り出したとき、

「奥さん！　奥さん！」

と、書生の本田が帯をしめながら、あわただしくとんできた。

「先生は……先生は……？」

「先生はまだお寝間よ。本田さん、あなた見てあげて」

手提げ金庫をさげて瑞枝がいこうとするまえへ、本田が意地の悪い顔をして立ちはだかった。

「奥さん、その手提げ金庫をどうするんです」

本田もその金庫の意味を知っているらしく、興奮した目が貪婪《どんらん》にかがやいている。

「なんでもいいの、本田さん、そこどいて」

「いいえ、どきません。奥さん、その手提げ金庫をこちらへよこしなさい」

瑞枝は、本田の目つきから、相手の真意を読みとった。ここでこの男に金庫をとられたら、多門はほろびても、第二の多門を作ることになる。

瑞枝は腹の底がつめたくなるような恐ろしさを感じた。

本田が貪婪な目をひからせながら、一歩瑞枝のほうへ踏み出したとき、やっと服装がととのったのか、

「瑞枝！　瑞枝！　金庫は？　金庫は？」

あわただしく叫びながら、多門がこちらへ近づいてくる様子である。

3

瑞枝はさっと青ざめたが、それと同時に本田もひるんだ。それだけ本田の身がまえにすきが出来たわけである。

瑞枝は、本田をつきとばすと、祭壇のうらからとび出して、祈禱所の入り口へ走ったが、ちょうどそこへ袴のひもをしめながら多門があたふたと駆けこんできた。

瑞枝ははっと立ちすくむ。絶望の思いがきりきりと胸をしめつける。

「おお、瑞枝！　手提げ金庫を取り出したな。それさえあれば……」

瑞枝は真っ青になり、全身から力が抜けていくのを感じたが、そのとき突然、電気が消えた。おそらく、電線がもえきれたのだろう。

思いがけないこの暗がりが、消えかけた瑞枝の勇気を取りもどさせた。

暗やみのなかでいやというほど多門に体当たりをくれると、瑞枝は手提げ金庫をさげたまま、祈禱所の外へとび出した。

「瑞枝！　どこへ行く！」

ふいをくらってしりもちついた多門が絶叫するのを聞きながらして、縁側を走っていくと、女中が開いたとみえて雨戸が一枚ひらいている。くつ脱ぎを見ると、さいわい庭下駄がそろえてある。

瑞枝ははだしのまま庭へおりると、庭下駄をひっかけて裏木戸へ走った。目の前に隣家がもえあがって、ものすさまじく火の粉が降ってくる。ちょうど風下に当たっているので、全身にもえるような火気を感じる。

瑞枝が裏木戸を開いたとき、

「瑞枝！　ど、どうするんだ！」

多門のおびえたような絶叫がうしろにあたって聞こえたが、そのとき、こちらの庭のマキの木が、パチパチとものすごい音を立て火を吹きはじめた。

火はとうとう多門のうちへ燃えうつったのだ。

「瑞枝……瑞枝……」

多門の声を聞きながして、裏木戸から外へとび出すと、右往左往するひとびとでごったがえしている。

みんな火の粉を全身に浴びて、朱を流したような顔色だ。

その雑踏をくぐりぬけて、路地から外へとび出すと、けたたましいサイレンの音をさせて消防自動車がやってきた。

瑞枝はわざと五、六町まわり道をして、やっと四谷の大通りへ出ると、ちょうどいいあんばいに通りかかった空車を呼びとめた。

「野方までやってちょうだい」

運転手はすぐにスターターを入れると、

「奥さん、焼け出されたんですか」

「ええ。でも、大事なものだけ持ち出したから……」

振り返ってみると、火は多門の家へもえうつったらしく、炎々として空をこがしている。消防自動車が幾台も幾台もすさまじいサイレンの音をひびかせながらすれちがっていく。

瑞枝は、ふとひざにおいた手提げ金庫に目をやると、あとからあとから涙が出てきてしようがなかった。

4

いよいよあすから、新宿の西口へ屋台店を出すことになった千代吉は、夜おそくまで準備に忙殺されている。

たかが屋台店を出すのに、忙殺というのはおおげさかもしれないけれど、千代吉の気持ちとしては、たしかにそれにちがいなかった。

包丁をとぎおわって、電灯の火影で焼き刃のぐあいを調べながら、

「あっはっは、おれもいよいよ屋台店のおやじか」

と、苦笑したが、その苦笑の底にはなにかしら温かいものが通っている。

「しかし、まあ、こじきをしているよりはましというものか」

包丁をしまって机のうえの小さな置き時計に目をやると、十一時をまわっている。千

代吉のそばには蝶太がすやすやと眠っている。

「少し風が出たようだな」

と、千代吉は外の物音に耳をすませて、

「どれ、おれも一服吸って寝ることにするか」

机のうえのタバコを取りあげ、マッチをすりかけたとき、路地の外へ自動車がとまる音がして、あわただしい足音が近づいてきたので、千代吉はおやというようにマッチをすりかけた手をとめる。

足音は千代吉の家のまえにとまると、

「本堂さん、本堂さん、ここあけてください」

と、少しせきこんだ、しかし、あたりをはばかるような女の声である。

「あっ、赤坂の奥さんですね」

「ええ、あたし、瑞枝……」

瑞枝のうわずった声を聞いたとき、千代吉のひとみがよろこびにふるえ、全身が精力的な男の肉感に躍動する。

いざりながら、とっかわと上がりかまちへ出て、格子の掛け金をなかから外すと、瑞枝がうわずった目をして入ってきた。

「奥さん、どうなすったんです。赤坂のほうで何か……」

「本堂さん、すみません。わけはあとで話します。あたし、金も持たずに自動車に乗ってきたんですけれど……」

「ああ、そう。それじゃこれを……」

千代吉がふところから紙入れごと出してわたすと、

「すみません。これを預かっておいてください」

と、手提げ金庫をそこへおいて、瑞枝は外へ出ていった。

やがて、自動車の立ち去る音がきこえ、瑞枝はふたたびとってかえすと、

「本堂さん、あの、坊やは……」

「坊主はよく寝ております。さ、どうぞ、どうぞ、おあがりなすって」

「すみません。いまじぶんお騒がせして……」

瑞枝はうしろ手に格子をしめると、千代吉の顔を見て、ちょっとほおをあからめながら、

「あの……戸締まりはどうしましょう。あたし、もう赤坂へはかえれませんの」

千代吉はつばをのみこみ、ひとみがよろこびにもえあがる。

5

「ええ、あの……」

と、千代吉はへどもどしながら、

「すみませんが、戸締まりをしてください。わたしもそろそろ寝ようと思っていたところですから……」

「はい」

むこうをむいて戸締まりをしている瑞枝の耳のうしろまで真っ赤になっているのを見ると、千代吉は胸がかきむしられるようにうずいて、またごくりとなまつばをのむ。

「さ、さ、どうぞおあがりなすって、寝床が敷いてあったりして、取りちらかしておりますが……」

「いえ、あの、変な時刻におうかがいして、さぞご迷惑でございましょう」

「とんでもない。さ、さ、どうぞ」

六畳の部屋へ入ると、瑞枝は電灯の光の外に寝ている蝶太の顔に目をやって、

「坊や、よくおねんねですこと」

「へえ、もう寝床へ入るとすぐあれなんで。罪のないもんでございます」

「ほんとに」

瑞枝はあがって、掛け布団から足を投げだしている蝶太の寝ぞうをなおしてやると、あらためて千代吉のまえに手をついた。

「ほんとうに、こんな時刻にお騒がせして、なんとも申し訳ございません。でも、あたし、ほかに行くところがございませんものですから……」

「いえ、もう、そんなご遠慮には及びませんが、いったいどうなすったんです？　赤坂

のほうに何かあったんですか」

「はあ、あの、お隣から火が出ましたの」

「火が……?」

と、千代吉はぎょっとしたように目をみはって、

「ああ、それで、髪や着物が少し……危いところでしたね。それで、お宅も焼けたんですか」

と、思わずひとひざにじり出る。

「さあ、たぶん焼けたろうと思いますが、詳しいことは存じません。こちらの庭木へ火がうつったところで、とび出してきたものですから……」

「それは、それは……」

千代吉はなんといってよいかわからず、ただまじまじと、取り乱した瑞枝の様子をながめている。

「あたしとしては、ほんとうはもっと早くあそこを出たかったんです。でも、ほかに行くところもございませんし、それに、いつかのお嬢さんとのお約束もございましたもんですから……」

「いつかのお嬢さんとおっしゃると、わたしがお使いをさせていただいたあのかたのことでございますか」

「はあ、そうなんです。あのかた、多門からある品を取りもどすために、じぶんの体を

投げ出そうとなすったんです。それで、あたしがいつかきっと取りかえして差し上げますから、無分別なことはおよしなさいますようにと、あのときお手紙で申し上げたんです。あたし、その品がどこにあるか、だいたい見当はついておりましたけれど、きょうまでその金庫の開けかたがわからなかったものですから……」

6

「そ、それで、今夜それがわかったというわけですか」

千代吉の声の調子があまり強かったので、瑞枝ははっとしたように相手の顔を見る。


千代吉の目には一瞬、強い、複雑な炎がもえあがったが、すぐ微笑でそれをもみ消すと、はじめて気がついたように、瑞枝のそばにある手提げ金庫に目をやって、

「ああ、それがそうなんですね」

と、またちょっとひとみが燃えそうになる。

「はあ、あの、そうなんです。お隣から火が出たとき、多門はちょっと手がはなせなかったものですから、あたしに金庫の合い言葉をおしえてくれたんです。それで、これを取り出すと、そのままそこをとび出して、ほかに行くところもございませんから、ご迷惑だろうと思いながら、こちらへお伺いしたんです」

「め、迷惑だなんて、そ、そんな……よく来てくださいましたと、お礼をいいたいくら

いのもんです」

千代吉はうれしそうに笑っている。

瑞枝はまた赤くなりながら、

「そういうわけですから、あたしはもうあの家へはかえれません」

「ええ、ええ。もうあんなところへおかえりにならないほうがようござんすよ。なんなら、いつまでもここにいてください」

「はあ、あの……」

瑞枝がもじもじしているとき、とつぜん、

「あっ、おっかさん……おっかさん」

と、蝶太の呼ぶ声がきこえて、どさりと寝返りをうつ音がする。瑞枝がはっと振りかえると、寝言だったとみえて、蝶太はすやすや眠っている。

「あっはっは、夢を見てるんですよ。あなたの……ちかごろ、しょっちゅうあれなんです」

瑞枝の目からとつぜん涙があふれてくる。千代吉はもえるような視線を瑞枝にむけて、

「奥さん、お願いです。ひとつ、坊主のおっかさんになってやってください。こんなことをいうと、さぞあつかましいやつだとお思いになるでしょうけれど……」

「あつかましいなんて、そんな……そんな……」

瑞枝は涙のにじんだ目をあげると、

「あたしも、そうしていただけたら、どんなに有り難いかしれません」

「しかし、奥さん、坊主のおふくろになるということは、とりもなおさず、このおれの妻になるということですが、それもご承知のうえでしょうね」

「はあ、あの、それはもちろん……」

「奥さん！」

千代吉の目がぱっと燃えあがるのを見て、瑞枝は火の出るような顔をしながら、そっとそばへにじりよる。

千代吉は強い力で、やにわに瑞枝の体をひざに抱きあげると、はげしくそのくちびるを吸った。

どこかで十二時をうつ音がして、蝶太がまたどさりと寝返りをうつ。

女という多門の砦は、またひとつ落ちたようだ。

7

台所で水を使う音に目をさました蝶太は、そばに千代吉が寝ているのを見て、ふしぎそうに台所のほうへ目をやったが、

「あっ、おっかさんだ、おっかさんだ。ちゃん、ちゃん。あれ、どういう……？」

と、まだよく寝ている千代吉をゆり起こす。

「うう、うう、蝶太、どうした、どうした。あっはっは、そうか、そうか。蝶太よ、おっかさんはな、これからどこへも行かずに、おまえのそばにいてくれることになったんだ。あっはっは、どうだ、うれしいだろ」

「ちゃん、それ、ほんとう……？」

「ほんとうだとも。あっはっは、なんだい、その顔は……？　瑞枝、ちょっとここへ来て、坊主になんとかいってやってくれ」

「はい」

瑞枝は、まぶしそうな顔をして、もじもじと台所から入ってくると、

「坊や」

と声をかけて、

「あら、いやな坊やだこと。どうして布団のなかへもぐりこむの。おっかさんがいちゃいけないの」

「うう、うう」

蝶太は布団のなかでうなっている。

「おっほっほ、変な坊やだこと。さあ、おっかさんに顔見せなさい。それでないと、おっかさん、あっちへ行ってしまいますよ」

「ううん、ううん」

蝶太はうでダコのように真っ赤になった顔をそっと布団のあいだから出すと、

「おっかさん、ほんとにもう、どこへも行かないの」

「ええ、ええ、もうどこへも行かないのよ。いつまでも坊やのそばにいるの。だから、さ、もう起きなさい。あなた……」

薄く染まった顔を千代吉にむけ、

「あなたもお起きになったら……？」

「うん、起きよう。何時だ」

「そろそろ七時ですけれど」

「七時……？」

しまったというように、千代吉はあわてて寝床のうえに起きなおると、

「これはすこし寝過ぎたようだ。瑞枝、大急ぎで蝶太の支度をてつだってやってくれ。すぐ出かけるから」

そういいながら、千代吉もあわててシャツに腕を通しはじめる。片脚こそいけないが、胸の厚い、ほれぼれとするような見事な体だ。

瑞枝は目をみはって、

「あなた、どちらかへお出かけですの」

「うん、どちらといって、いまのところ当てはないが、とにかく出掛けよう。蝶太をおびやかしちゃいけないから、落ち着いていてくれなきゃいけないが、おれはひょっとすると多門が訪ねてきやあしないかと思うんだ」

「まあ！」

瑞枝はさっと青ざめる。

8

「おまえ、ここよりほかに、どこにも行くところはないといったね。そのことは多門も知っているはずだ。おれのことは知らないまでも、おまえに行くところのないことはね。それに、おれが赤坂へいくと、書生の本田というのがいつも妙な目で見ていたからね。おれのところは帳簿にひかえてあるわけだろう。ほかを探してどこにもいないとなったら、ひょっとすると……訪ねてこないものでもない。それに、焼け出されたとすると、宇賀神の家へやってくるかもしれないしね」

「わかりました。さあ、坊や、大急ぎでお洋服着ましょうね」

「おれはね、ゆうべからそう思ってたんだが、おまえをあんまりびくつかせちゃあ、おれがね、困るだろう。あっはっは」

うれしそうな笑い声である。

青ざめて、いくらかふるえていた瑞枝は、男の笑い声をきくと、ぽっとほおを染め、あらためて男のたのもしさが胸に食いいる感じである。

「おれはべつに、あんな男を恐れやしないが、おまえ、ここで顔をあわしちゃまずいだろう」

「はあ、あの、あたし、会いたくございません。二度と……」

「うん、会わんほうがいい。それに、その手提げ金庫のしまつもしなけりゃあね。ことを荒立てると、迷惑するひとが大勢いるだろうから」

「あなた」

蝶太の洋服のボタンをはめてやりながら、瑞枝ははじかれたように千代吉の顔を見る。

「この金庫のなかみをご存じですか」

「ああ、知ってる。だいたい見当がついている。ひょっとすると、蝶太のおふくろの写真もそこにあるんじゃないかと思う」

「あなた！」

瑞枝のひとみにさっと強い光が走るのを見て、

「ごめん、ごめん。しかし、瑞枝、そのことと、おまえにほれたってことは別問題なんだからね。それ、勘違いしてくれちゃ困るよ」

「すみません。それでは、坊やのおっかさんも……」

「うん、やっぱり被害者のひとりなんだ」

と、千代吉はいそがしく身支度をしながら、

「そいつがそんな体になったもんだから……おれの故郷は岡山のほうなんだが、ちょうどそこへあいつがやってきたんだ。薬子といっしょにね。筆子は……筆子というのが蝶

そのことはよく心にとめておいておくれ」

「ありがとうございます」

「瑞枝」

「はい」

「おれはうれしいんだぜ、とってもね。あっはっは」

「あなた、あたしも……」

「そうか、そうか、それでいいんだ。いや、とんだおしゃべりしたが、支度が出来たらすぐ出かけよう」

それからまもなく、げんじゅうに戸締まりをして、四、五日家をあけるむねを隣家につたえて、通りへ出ると、ちょうど来あわせたバスに乗ったが、そのバスが新宿のちかくまできたときだ。

なにげなく窓の外を見ていた瑞枝が、ふいにぎくりと身をふるわせて、隣に座っている千代吉の手を握りしめた。

「うん」

千代吉もひくくこたえて、つめたくふるえている瑞枝の手を強く握りかえしてやる。いますれちがった自動車のなかに、多門が目を血走らせ、ひげを逆立てて乗っているのを見たのである。

「危いところだったね。あっはっは」

蝶太は何も知らずに瑞枝のひざにもたれて、幸福そのもののようである。

かくれ家

1

ことし中学二年生になる春彦は、学校へいくのが遅れそうになったので、大急ぎで坂を駆けおりてきたが、そこで、

「あっ、坊ちゃん、坊ちゃん」

と呼びとめられて振りかえると、松葉づえをついた男が、きれいな女のひとと子供をつれて立っている。

「はい、何かご用ですか」

「関口台町の××番地というのはどのへんですか」

春彦は少し目をみはって、

「××番地のなんというちですか」

「都築民子さんというかたですが……」

「ああ、それならぼくのお母さんです」

春彦は失礼にならぬ程度に相手のすがたを見なおした。器量のいい、いかにもしつけのよさそうな少年である。

「ああ、それじゃ、あんた、春彦君ですね」

相手はうれしそうににこにこ笑った。松葉づえをついているのが悪いけれど、ゆったりとしたその笑顔に春彦は好感をいだいて、

「ぼく、春彦ですけれど、おじさん、お母さんに何かご用ですか」

「いや、お母さんにじゃなく、松原先生にお目にかかりたいんだが、兄さん、きょうは吉祥寺……？」

「いいえ、こちらにおります。まだ寝てたようですが……」

「ああ、そう。ちょっとお目にかかりたいんだが、おうち、どちら？」

「ぼく、ご案内します。ちょっとわかりにくいところですから」

「でも、春彦君、学校におくれやしないかね」

「大丈夫、走っていきますから。おじさん、足が悪いんですね」

「うん、びっこでね。まるでいざりみたいなもんだよ」

「じゃ、ぼくかかえてあげましょう。ここの坂、ちょっと急だから……」

「それはそれは……じゃ、瑞枝」

「はい」

瑞枝は大きなふろしきにくるんだ手提げ金庫を後生大事にかかえて、片手で蝶太の手

をひいていく。

坂をのぼって、二、三度道を曲がった。なるほど、口でいったくらいではちょっとわかりにくいところに、上品な二階建てがあり、門柱に都築民子とやさしい女文字で書いた表札があがっている。

「おじさん。ぼくさきへいってお姉さんにいってきます。おじさん、お名前は？」

「本堂千代吉といってください」

「はい」

春彦は門の戸をひらいてなかへかけこむと、

「お姉さん、お姉さん」

と、玄関の外から大声で呼ぶ。

「あら、春彦さん、またお忘れもの」

サロン・エプロンで手をふきながら、奥から駆け出してきたのは、奈津女の夏子である。

2

夏子が浩三のもとへ走ってから、もう四か月になる。

わずか四か月の時日だけれど、奈津女にとってこれほど大きな変動はなかった。

奈津女の心の奥底ふかくしみついている不安と不幸はいまもって払拭《ふっしょく》されていないけれど、いつか『田川』へやってきたときのようなおどおどした色は消えて、いかにも幸福そうな新妻ぶりだ。春彦にたいするお姉さまぶりも板についている。

清楚《せいそ》な洋装に、サロン・エプロンというすがたも、昔の夏子から見ると、まるでひとがちがったようだ。

「ううん、いやだなあ、お姉さんたら。またお忘れものだなんて、ぼく、しょっちゅう忘れものしてるみたいじゃありませんか」

「ほっほっほ、ごめんなさい。でも、あんまり忘れものしないほうでもないわね、何かご用？」

「兄さんのところへお客さんです。本堂さんというひとです。本堂千代吉さんというひと……兄さんにそういってください」

と、春彦はそこであとから来た千代吉に道をゆずると、

「おじさん、ぼく失礼します。学校におくれるといけませんから」

「ああ、春彦君、ありがとう」

「おばさん、失礼。君、失敬ね」

はにかんでいる蝶太にちょっと笑顔をむけると、そのままとぶように春彦は門から出ていく。

「あっはっは、なかなかいい坊ちゃんだ」

うれしそうににこにこしながら、よちよちと玄関のなかへ入ってきた千代吉のすがたを見て、夏子ははっと目をみはる。

松葉づえという目印がなければ、夏子も忘れていたかもしれないけれど、いつか『田川』へ行くとちゅう、浩三が話しかけていた男だと気がついて、思わず顔があかくなる。

千代吉はにこにこしながら、

「どうも朝早くから押しかけてきて、はなはだ失礼ですが、ぜひとも、至急、先生にご相談申しあげたいことがございまして……本堂千代吉がきたと、そうおつたえ願えませんか」

「はあ、あの？」

と、夏子はもじもじしながら、

「先生はゆうべおそくまでお仕事で、まだおやすみになってらっしゃるんですけれど……どういうご用件でございましょうか」

「はあ、それがちょっと、お目にかからないと……他聞をはばかることですから。おい」

と、千代吉は玄関の外へむかって、

「おまえも入って、松原先生の奥さんにごあいさつなさい」

「はい」

蝶太の手をひいて、もじもじしながら入ってきた瑞枝は、夏子と顔を見合わせたとたん、ふたりともさっと顔から血の気がひいて、無言のまま大きく目をみはる。

3

「あっはっは、ごめん、ごめん」

千代吉はうれしそうに笑いながら、

「おまえをびっくりさせてやろうと思って、わざと黙っていたんだ。奥さんもお許しください。これ、わたしの家内です。先生がふたりを結びつけてくだすったんです。奥さんもなにぶんよろしくお願いします」

「まあ」と、つぶらにみはった夏子の目に、ふいと涙がういてくる。瑞枝はもうハンカチを目におしあてている。

「失礼しました、奥さま」

「はい」

と、瑞枝はハンカチを目からはなすと、まぶしそうに夏子を見る。

「おめでとうございます」

「ありがとうございます。夏子さん、あなたも……あたし、ちっとも存じませんでした。とてもお幸せそうで……」

「あっはっは、そういうおまえはどうなの。幸せじゃないのかい。あっはっは、失礼しました。奥さん、ひとつこの由を先生におつたえください」

「承知いたしました。それでは少々お待ちください」

夏子が二階へあがろうとするのを、茶の間にいた民子が呼びとめて、

「夏子さん、浩三さんのところへお客さまのようですね」

「はあ、春彦さんがご案内してくださいましたの」

と、夏子は廊下にひざをつく。

民子はものしずかな態度で花生けに花を生けながら、

「どういうおかたかしら」

「さあ……よくは存じませんけれど、よほどお親しいようにお見受けしました。奥さまとお子さまづれで……」

「ああ、そう。じゃ、浩三さんにそう申し上げてください」

都築民子はことし四十五になるが、かつて浩三の父に愛された美貌はまだ多分に名残をとどめて、日本画家を父に持ち、父の弟子の日本画家のところへとついだというその境遇からか、品のいい、しっとりとした落ち着きを示している。

看板こそ出していないが、浩三の父の死後、お茶とお花の先生をして、相当よいお弟子を持っている。

夏子が階段をのぼっていくのを見送って、民子はだまって考えこむ。もう花を生けている気になれなくなったのか、ひざからひざかけを取りのけると、仏壇のまえへ行った。

そこには、浩三の父の位牌《いはい》と、浩三に愛されたという昌子の位牌がならんでいる。

民子がその位牌に線香をあげているとき、二階の雨戸をくる音がして、浩三がとんとんとおりてきた。

「おばさん、お早う」

「お早うございます。浩三さん、お客さまのようですね」

浩三を見る民子の目には、少なからぬ不安と危懼《きく》が揺曳《ようえい》している。

4

「いやあ、どうも失礼しました。朝寝坊しちゃって……」

とんとんと軽い足音をさせて、階段をあがってくると、浩三はいかにもうれしそうににこにこしながら、二階の客間へ入ってくる。

立派な絨緞《じゅうたん》をしきつめた八畳の間には、シナ製の机がおいてあり、床の間のちがいだなには、赤絵の壺《つぼ》が二つ三つ、電灯の笠《かさ》にもこの家の主人のゆたかな趣味がうかがわれる。

「いや、どうもお仕事でお疲れのところを失礼しました。朝早くからどうかと思ったんですが……」

「なあに、そんなこと構やあしない。それより、おめでとう。とうとういっしょになったんだって?」

と、浩三はうれしそうに千代吉と瑞枝を見くらべると、蝶太のほうへ顔をつき出して、

「坊や、坊や、おまえ、うまいことしちゃったな。とうとうおっかさんを引っ張って……大手柄だあね、あっはっは」

「うう、うう、うっふっふ」

蝶太は瑞枝のひざにもたれて、満面笑みくずれて悦に入っている。

「けさね、目をさましたらこれがいるでしょう。それで、こいつ大恐悦でしてね。もっとも、こっちも大恐悦でしたがね。あっはっは」

「ああ、そう。それじゃ、ゆうべ……?」

「ええ、そうなんです。先生はまだけさの新聞をごらんにならんようですが、じつは、ゆうべ赤坂の家の隣家から火が出ましてね」

「あら」

主客のあいだに茶をくばっていた夏子がびっくりして、

「あたし、新聞を見たんですけれど、見落としたのかしら。それじゃ、赤坂の家、焼けたんですの?」

「ええ、もうぼやですから、ちっぽけにしか出ておりませんが、隣家は全焼、あの家は半焼というところのようですね」

「なるほど、それで奥さん、お宅へ避難してきたってわけ?」

「いえ、避難というわけじゃございませんので。瑞枝、おまえからあれを」

「はい」

瑞枝は、ふろしき包みをとくと、なかから手提げ金庫を取り出して、それを浩三のほうに押しやって、

「先生、奥さま」

と、改まって手をつくと、

「あたし、ちっとも存じませんでしたけれど、あたしのためにいろいろご心配下さいましたそうで、なんともお礼の申し上げようもございません。あたしも、こちらや坊やに会ってから、一日も早くあそこを出たかったんですが、滝川さんのお嬢さんにお約束したことがございましたものですから……ゆうべやっと、火事のどさくさまぎれにこれを持ち出しまして……」

浩三は、どきりとしたような目を、そばにいる夏子と見交わせる。

5

「先生は何もかもご存じと思いますが……」

と、千代吉が言葉をひきついで、

「これこそ、あいつの悪のもと、多くのひとに血の涙を流させたあいつの全財産がここ

に入っているわけです。家は焼けてもこれさえあればと思ったんでしょう。じぶんが手がはなせなかったもんですから、これにかくし金庫の合い言葉を教えたそうです。それで、これが持ち出してわたしのところへ来てくれたというわけで……」

「それは、それは……」

つめたく光る金庫を見るとき、浩三の目にも感慨無量のいろがうかんでいる。

「これを持ち出した以上、これはもう二度とあいつのもとへかえれません。いや、かえれぬどころか、うっかり顔をあわせると、どんなことをされるかわかりません。これをなくしちゃ、あいつも牙《きば》を失ったトラ同然、それだけに、死にものぐるいのあいつの気持ちも思いやられます」

「それはそうだ。奥さん、気をつけなきゃいけませんよ。あいつ、とても凶暴なやつだっていいますからね」

「はい、それはもう覚悟しております」

瑞枝よりそばで聞いている夏子のほうが青くなる。

「それについて、先生にご相談にあがったんですが、じつはわたし、今夜から店を出すことになっておりましたんです。ところが、わたしがあそこへ店を出すと、どういうところからあいつにかぎつけられないものでもない。じつはねえ、先生、さっき野方から新宿へ出るバスのとちゅうで、あいつの乗ってる自動車とすれちがったんですよ」

浩三はぎょっとしたように目をみはり、

「それじゃ、あいつ、千代さんのことをかぎつけたんだね」

「そうじゃないかと思います。わたしの所書きがあいつのところにありますし、書生がうすうす気づいていたようですから……もっとも、野方には宇賀神の家があのままになっておりますから、そこへ行く途中だったかもしれませんが、ここはまあ、用心したほうがよくはないかと……」

「それはそうだ。あんたはあんなやつ平気だろうが、奥さんは女だから気をつけなきゃ……」

「それなんです。ところで、あいつがわたしのことをかぎつけてやってきたとしたら、あの近所ではわたしが新宿の西口に屋台店を出すことはみんな知っておりますんで、わたしゃあんなやつ恐れやしませんし、新宿のあのへんではみんなわたしの味方になってくれると思いますが、これをどこへかくすにしろ、わたしのあとをしつこくつけまわしたら、いつか見つかるわけです。それで、せっかく先生にお金まで出していただいたんですが、あそこへ店を出すのは当分延期したい。そして、これの気持ちの落ち着くまで、どこか安い温泉場でもまわってこようと思うんですが、どんなものでしょうかねえ、先生」

「ああ、それはぜひそうしたまえ。奥さんは気分的にさぞ動揺していらっしゃるだろうから、あんたの愛情でしっかり抱きしめていてあげなきゃ……これだって落ち着くまでにゃ、ずいぶんぼくをてこずらせたんだからな。なあ、おい、夏子、あっはっは」

浩三のこういう冗談を、以前の夏子はいやだと思った。どうしてもっとまじめに話ができないのかと、恨めしく思ったことさえある。しかし、ちかごろになってやっと、こういう冗談によって、相手の張りつめた気持ちをもみほぐしてやろうという浩三のこまやかな心遣いなのだと気がついて、夏子は、

「はい」

と、すなおにこたえる。

6

「それについて先生にお願いがございますんですが、この手提げ金庫のなかみですね、ここにゃいろいろ忌まわしいものが入ってると思うんです。これに聞くと、ずいぶん知り合いの奥さんがたであいつにしぼられてるかたがいらっしゃるそうですが、そういうお気の毒なひとたち、今度あの家が焼けたと聞くと、またどんな難題を吹っかけられるかと、さぞ気をもんでらっしゃるだろうと思います。そこで、一刻も早くここにあるものをお返しして、安心させてあげたいと思うんですが、旅先から郵便で送ったりして、

うっかりほかのひとの手に入ったりしてはたいへんです。これはやっぱり、ご当人にじかにお手渡ししなきゃと思うんです。わたしがこんな体でなかったら自動車でさっと回るんですが、そうもまいりませず、まごまごしていてあいつにつかまってもことこわしです。それで、たいへん押しつけがましいんですが、先生にひとつ、これの処分をお引き受け願いたいと、はなはだ勝手ながら、そう思っておうかがいしたんですが……」

「ああ、いや、千代さん、それはよく来てくだすった。そのことなら、ぼくにまかせてください。きっと、それぞれぶじにとどけましょう。しかし、本堂さん」

と、浩三はちょっと改まって、

「これでいよいよ、建部多門も没落ですな、あっはっは」

のどの奥でひくひく笑う浩三の声には、聞くひとをしてぞっとさせるようなすごみがあった。

三人はぎょっとして、青白んだ浩三の顔を見なおすと、

「先生、あなたはなにかあいつに……？」

「いや、それはまだ聞かんでください。いずれわかるときも来ましょう。そのまえに、まだまだあいつとひと合戦やらかさなきゃなるまいと思ってます。あいつもぼくのことに気がついたらしいといいますから」

「先生！」

千代吉の声が少しうわずる。

「いや、千代さん、ぼくのことは決して心配しないでください。それより、あんたの身のふりかただけど、屋台店も屋台店だが、それよりちょっと面白い話があるんだがね」

7

「いえ、先生、わたしのことは、もうこれ以上……」

千代吉がしりごみするのを、

「いや、そうはいきませんよ。こんな奥さんが出来たんだもの、このひとのためにもあんたの身の立つように考えなきゃ……これはあんたひとりのことじゃないもんね」

「はあ」

千代吉は居住まいをなおしてかしこまる。

「それで、いつか話した『田川』のおかみのおしげさんね、あのひとのご主人の岩崎さん、岩崎組の親方だが、このひと去年の春ピンチを切り抜けてからめきめきとのしてきてね、あの方面じゃあれよあれよという評判ののしかたらしい。そののしかたがあんまり急激なもんだから岩崎さん、ここんところちょっと持てあまし気味らしいんだ。岩崎さん、腹もしっかりしてるし、腕も立つし、頭もさえたひとなんだが、なんといっても年季小僧から腕一本でたたきあげてきたひとだけに、あまり急激に膨張すると、ちょっと経営やなんかにとまどいを感ずるんだね」

「はあ」

「といって、のびていくものを抑える手はない。あのひとはまだまだ大きくなるひとだとぼくもにらんでるんだが、それにはどうしても腹蔵なく相談出来る相談相手、つまり参謀が必要なんだ。あまりのびかたが急激だったもんだから、そういう高級参謀というか、幹部というか、それを養成しておくひまがなくて、ここへきて困ってるんだね。それで、まえからぼくにだれかないかないかと相談をかけてきてたんだ。ぼく自身だめだけど、亡くなったおやじというのが顔のひろいひとだったから、その関係でぼくもいろんなひとを知ってるわけだ。それでそういう相談を持ちかけてくるんだが、ぼくもあの方面のことはよく知らないし、いいかげんにお茶をにごしてたら、なんと、二、三日まえにあったとき、ぼくに来てくれろというんだ」

「あらまあ」

「あっはっは、おかしいだろ、夏子。あん畜生、ひとをバカにしてるよ。どうせろくな小説書けやあしないと思ったのかどうかしらんが、相当真剣なんだね。おかみとふたりで口説きゃあがったよ。ひでえやつだ。あっはっは」

浩三のうれしそうな笑い声につりこまれて、千代吉と瑞枝も微笑する。

「冗談はさておいて、それにはぼくも驚いて、じぶんみたいななんにも知らないものでもいいのかと尋ねたら、それでいい、経営方針をどう持っていくかというような根本的な相談相手になってもらえばいい。現場のことやなんかのこまかいことは、知ってもらえばそれに越したことはないが、さしあたり知らなくてもいい。つまり、いってみれば、精神的支柱になれるような、腹のしっかりした、信頼出来る人物がほしいというわけだね。それなら……というので、千代さん、あんたのことを話してみたわけです」

「はあ」

千代吉も瑞枝も、しいんと身のすくむような顔色である。

8

「あんたは機甲部隊にいたんだし、少なくともぼくよりあの方面にたいして門外漢じゃないわけだ。それに、あんたのひととなりや、経歴、人柄などを話すと、岩崎さんすっかり乗り気になっちゃってね」

「先生、あなたはそんなに詳しくわたしのことをご存じですか」

「そりゃ知ってますよ。千代さん、なんぼぼくが物好きだって、素姓も経歴もわからぬひとに、こんなに打ちこみゃしないよ、ねえ」

「恐れ入りました。しかし、どうして……？」

「ああ、それは、あんたの言葉からですね。あんたの言葉を聞いてると、何々するんでありますとか、何々であるんでありますとか、軍人特有の言葉と同じ調子がときどきひょいと出てきますね。あんた自身は出来るだけそれを出さんように心掛けてるようだけど……それで、ぼく、このひとてっきり職業軍人……いやな言葉だけど、それだったんだと思ったんです。それで、あんたの年配やなんかから考えあわせて、ひょっとしたら知ってやしないかと、井上健一ってひとね、あのひとに聞いてみたんだ」

「先生は井上君をご存じですか」

「ああ、知ってます。ここのおばさんのいとこだもの」

「あっ、それは、それは……」

「あのひとと同期だったんですってね。それで、すっかりあんたのことがわかったんだ。健さんもあんたに会いたがってたけど、あんたが、ほら、まだ商売往来にない商売をしてたころだから、ごまかしときましたがね」

「恐れ入ります」

「いやあ。それから、戦後のことは、あんたの郷里がわかったもんだから、新聞社にいる友人に頼んで、支局のほうで調べてもらった。あんたの家、あの地方の素封家だから、これはすぐわかりましたね。だから、ぼく、この坊やのお母さんのことやなんかも知ってるんです」

「はっ」

千代吉はふかく頭を垂れている。

「まあ、それはそれとして、岩崎さんすっかり乗り気になって、ぜひ一度会わせてくれといってるんです。ぼくもさっそくお宅へ出向きたかったんだが、あいにく雑誌社に責められてたもんだから……屋台店のおやじよりこのほうがよっぽど面白いと思うんだが、旅に出るまえに一度会っておいたら……あんたなら、きっとあのひととうまがあうと思うんです」

「先生……」

千代吉が声をのむところへ、階下から民子があがってきた。

「浩三さん、お話し中失礼ですけど、こちら、お連れさんがいらっしゃるんじゃないでしょうか。さっきから表に立ってらっしゃるかたがあるんですけど」

一同ははっと顔を見合わせる。浩三は立って、縁側からそっと下をのぞいたが、

「ああ、あのひとなら心配はいりません。夏子」

「はい」

「おまえ下へいって、あのかたをここへご案内してきてくれ。お話し申し上げたいことがあるからって。あれは滝川のお嬢さんの許婚者《いいなずけ》で、植村欣之助さんというひとなんだ」

犠牲者の群れ

1

赤坂の建部多門の家が焼けたという報は、かれに脅迫され、しぼられている犠牲者にとっては、電撃的なショックだった。

狡猾《こうかつ》な多門は、じぶんのために金の卵をうんでくれるメンドリをしめ殺すような愚は演じなかった。かれは気長に、じわりじわりとしぼっていった。

しぼることによって、犠牲者の生活や、社会的信用をおびやかすようなことは極力さしひかえていた。ことに、秘密が暴露することには、極度に神経質で警戒的だった。

ところが、いまや事態は一変したのだ。

赤坂の家が焼けたとなると、それを再建するために多額の金を必要とする。

金の卵をうむメンドリは、一挙に多くの卵をうむことを要求されるだろう。それを考えると、多門の犠牲者たちは、いまから頭痛はち巻きだった。

この筆頭ともいうべきが滝川直衛である。

赤坂の家が焼けた翌朝七時ごろ、直衛は電話で呼び起こされた。相手は建部多門であった。

そのときはじめて、直衛は赤坂の家が焼けたことを知り、いずれごあいさつにうかがうから、そのときはなにとぞよろしくと、ひとを小バカにしたような多門の笑い声を電話のむこうに聞いたとき、直衛はほとんど卒倒するほどの思いだった。

真っ青な顔をして電話室を出ると、そこに恭子と衛が立っていた。

「お父さん、どうしたんです。お顔の色、真っ青ですよ」

何も知らぬ衛のおびえたような叫び声である。

「ああ、いや、衛、な、なんでもない」

「お父さま。電話、どちらからでしたの。もしや……」

といったものの、恭子は衛をはばかって、それ以上のことは聞けなかった。

「ううん、いや、恭子、なにも心配することはないんだ」

直衛は、姉弟《きょうだい》から顔をそむけると、よろめくような足どりで寝室へとってかえして、寝床へもぐりこむと、そのまま頭があがらなかった。

七時半ごろ父を起こしにきた恭子は、父が真っ赤な顔をしてうなっているのを見て驚いた。額に手をやると、焼けるような熱だった。

すぐ医者が呼ばれたが、精神的に何か大きなショックをうけているようだから、当分安静にするようにとのことだった。

心配しておろおろしている衛を学校へ出して、注射がきいたか昏々《こんこん》と眠っている父のまくらもとに座っていると、恭子は心細さが身にしみる。

ちかごろめっきりやつれた父の寝顔を見るのがつらくて、女中の持ってきた新聞をなにげなく取りあげた恭子は、そこに赤坂の建部多門の家が焼けたという記事を発見して、はじめて父の心痛の原因を知った。

2

「お父さま、堪忍して……」

恭子は青ざめたくちびるから血がにじむほど強くかむ。

いつかあのとき、思いきって多門に体を投げ出してしまえば、父のいまの苦患《くげん》はなかったかも知れない。なまじ瑞枝の手紙にほだされて、勇気がくじけたのがいけなかったのだ。頼むべからざるひとを頼んだがために、あたらチャンスを逸して、いつまでも父を苦しめる……。

「お父さま、堪忍して……」

恭子が口のうちでつぶやいたとき、それに答えるかのように、

「貞子……貞子」

と、直衛がはっきり呼んだ。恭子がぎょっとして振りかえると、直衛は依然として昏々と眠ったまま、

「かわいそうに……」

とつぶやいて、ふかい、ふかいため息をつく。

寝言だったのだ。

しかし、寝言のなかでまま母の名を呼び、そのあとでかわいそうにとつぶやいた直衛の一言は、鋭く、深く恭子の肺腑《はいふ》をつらぬいた。

ああ、お父さまはあんなにもおかあさまを愛していらっしゃったのだ。それだのに、自分はまま母の外面にのみとらわれて、そういう妻を持っている父を気の毒に思い、また、衛のためにならぬとして、ことごとに争ってきた。夫婦間の微妙な愛情も知らず、世間もわきまえぬ幼い心で、さかしらだって、ことごとにまま母に反抗し、それがまま母を多門に走らせ、多門の設けたわなにつきおとすはめになったのだ。

「お父さま、堪忍して……」

恭子の目から滝のように涙があふれる。ふいても、ふいても、涙はつきなかった。

恭子は青ざめた顔をして、ふらふらと父のまくらもとから立ちあがる。

今度こそなんとかしなければならぬ。たとえ多門を殺しても、父の苦しみの根元をたたねばならぬ。

恭子は、土色の顔をして、じぶんの部屋へかえってくると、化粧ダンスのひきだしの底から、白いガーゼにくるまったものを取り出した。

あたりを見まわしたのち、ガーゼを解くと、なかから現れたのは、つめたい銀色の光をはなつ短剣だった。

それは神社のご神体としてまつられているようなさきのとがった両刃の短剣だったが、その短剣のきっさきから鍔《つば》のところまで、赤黒いさびがこびりついている。血の跡のようだ。

恭子は注意ぶかくガーゼで柄をくるんだまま、息をつめて、まじろぎもせずそのきっさきを見つめていたが、そのとき、

「あっ！」

というおどろきの声がきこえたので、ぎょっとしてふりかえると、そこに立っているのは植村欣之助だった。

恭子は思わず手にした短刀を畳のうえに取り落とす。

3

「恭子さん」

欣之助は押しつぶされたような声をあげると、恐怖の色をいっぱいうかべて恭子の顔を見つめていたが、急に気がついたように障子をしめ、つかつかと部屋のなかへ入ってくると、短剣のうえに身をかがめる。

恭子ははっと夢からさめたように、

「あっ、いけません、それにさわっちゃ……」

「え？」

「指紋が……」

「指紋が……？」

「犯人の指紋が……」

欣之助ははじかれたように身を起こすと、真正面から烈しい視線で恭子の顔を見すえながら、

「これ、薬子を殺した短剣なんですね」

恭子も強い視線で欣之助の目を見かえしながら、無言のままうなずく。

「どうして、これ、あんたが持ってるの。あんたがやったんじゃないんだろ」

「いいえ、あたしじゃありません」

恭子はふっと目をそらすと、放心したような声でつぶやく。

「あたしが行ったとき、その短剣があのひとの背中にささっていたんです。あたし、ひょっとするとお父さまじゃないかと思って……あの晩、お父さまがあそこへお出向きになるはずでしたから……」

「ああ、それで、おじさんをかばうために、短剣を持ってかえってきたんだね」

「ええ……」

恭子はまた力なくうなずくと、

「ところが、おうちへかえってみると、お父さまはあの晩、一歩も外へお出にならなかったことがわかったので、安心したんですけれど……よくよく見ると、短剣の柄に指紋がのこっておりましたので……」

欣之助はまた身をかがめて、短剣の柄に目をやると、

「それじゃ、なぜこの短剣を警察へ提出しなかったの」

「だって……」

と、恭子は欣之助の顔に目をやると、

「あのひとを殺したひとだって、きっと、それ相当の理由があったにちがいないと思ったんです。あたし、そのひとに感謝の気持ちこそあれ、憎む気になどなれません。だから、出来ることなら、このまま犯人がわからずにすめばよいと思って……」

「わかりました。しかし、きょうなぜこの短剣を取り出したの」

恭子は青ざめた顔をして、無言のままうつむいている。手にしたガーゼのハンカチが、両手のあいだで引き裂かれるようにもまれている。

「恭子さん」

欣之助は少し言葉を強めて、

「ひょっとすると、あいつから何かいってきたんじゃないか。あいつの家、焼けたという話だから、何かまた無心でも吹っかけてきたんじゃないの。それで、あんたはこの短剣で……」

4

「欣之助さん」

恭子は涙のうかんだ目をあげて、

「何も聞かないで……でも、このままじゃお父さまは死んでしまいます。あいつにゆすり抜かれて……それも、もとはといえば、あさはかなあたしが、あまり強く母にあたりすぎたからなんです」

力なく、放心したようにつぶやく恭子の肩に、欣之助はしっかり両手をおいて、

「恭子さん、安心したまえ。その心配はもうなくなったんだよ」

「…………?」

「あんた、赤坂の瑞枝さんというひと知ってるでしょう。あのひと、いつかあんたに何か約束したそうだね」

「欣之助さん！」

恭子がおびえたようにあとずさりするのを、欣之助は引きもどすようにして、

「いや、いや、ぼくはその約束の内容までは聞いていない。しかし、瑞枝さんというひとは、けっしてその約束を忘れていたわけじゃないんだ。いままで時期を待っていたんだね。その時期というのが、とうとうゆうべやってきたんだ」

恭子のつぶらに開かれた目が、またたきもせずに欣之助の顔を見詰めている。

「ゆうべ赤坂の家が焼けたことはあんたも知ってるね。そのどさくさまぎれに、瑞枝さんはその約束を果たしてくれたんだ」

欣之助は胸のポケットへ手をやると、大きな四角い西洋封筒を取り出した。封筒のうえにはげんじゅうに封蠟《ふうろう》がほどこしてある。

「ぼくはこのなかに何が入っているか知らない。ただ、瑞枝さんからいつかのお約束の品だといって、恭子さんにわたしてくださいと、けさ、あるところで、あのひとからことづかってきたんです」

恭子はぼうぜんたる目で、欣之助の手にした封筒を見つめている。くちびるがわなわなふるえたが、言葉は出なかった。

「いまもいうとおり、ぼくはこのなかに何が入っているか知りません。また、知ろうとも思わない。しかし、だいたい見当はついている。いつか話した金田一耕助というひとから聞いたんだ。恭子さん、あんたが自分を責める気持ちは尊いと思う。しかし、なにごとにもあれ度が過ぎるということはよくないことだ。あんたとおばさん、衛君のお母さんとのことは、性格や教養の相違でああいうことになったからといって、必ずしもあんたばかりが悪いんじゃない。あんたが衛君のお母さんに対してすまないと思う気持ち……もうそれだけでいいのじゃないか。こうして、のろわしい品もこちらへ取りかえしたんだから、過ぎ去ったことは何もかも忘れてしまいなさい」

恭子は目にハンカチを押しあてたまま、ひた泣きに泣いている。全身から張りつめた気力が抜けていく感じだった。

欣之助はその恭子を胸のうちに強く抱きしめたが、そのとき、だれかこちらへ来る足音がする。

5

欣之助は恭子を胸からはなすと、いそいで畳のうえから短剣を拾いあげる。それをていねいにハンカチでくるんで、ポケットへねじこんだとき、障子の外へ女中が来て手をつかえた。

「お嬢さん、赤坂の建部多門さんがおみえでございますけれど……」

恭子はぎょっとしたようにハンカチを目からはなして欣之助を見る。

「ああ、そう。お袖《そで》さん、せっかくだけど、だんなさまがご病気だからとお断りしなさい」

欣之助がかわって答える。

「ええ、そう申し上げたんですけれど、それではお嬢さまでもよろしいからとおっしゃって……」

恭子はぞっとしたように肩をすぼめると、訴えるように欣之助を見る。

「ああ、そう。それじゃぼくが代わりに会おう。なあに、大丈夫だよ。恭子さん、あなたはお父さんのところへいってらっしゃい」

「はい」

「さあ、これを持ってってね。お父さん、お気づきになったら、お渡しになってご安心させてあげるがいいよ」

「欣之助さん」

「なに」

「どうぞよろしく……」

「ああ、大丈夫。それじゃ、お袖さん」

「はあ」

「お客さまを応接室のほうへ通しておいてください」

「承知しました」

応接室へ入っていくとき、さすがに欣之助も額がいくらか青白んでいた。

建部多門は安楽イスによりかかって、ゆうゆうと葉巻をくゆらしている。このばあい、葉巻をえらんだというところに、多門の見えすいた虚勢がうかがわれる。

「失礼しました。おじさんがご病気で、恭子さんちょっと手がはなせないものですから、ぼくが代理でお目にかかります」

向かいあって腰をおろす欣之助の顔をじろりと見て、多門はいくらかいぶかしそうに、

「そういうあんたは……？」

「ぼくは恭子さんの許婚者で、植村欣之助というものです」

多門はちょっと驚きの色をうかべて、相手の顔を見直したが、すぐ底意地のわるい微笑をうかべると、

「なるほど。しかし、あんたはきょうわしがどういう用件でここへ来たかご存じかな」

「知っております。いや、恭子さんから聞いたわけじゃありませんが、だいたい見当はついております。無心にいらしたのですね」

「ああ、それを知ってるなら都合がいい。こんどの無心はちょっと大きいんだが、まげて承知してもらわねばならん」

「お断りします」

「なに！」

「大きいにしろ、小さいにしろ、お断りいたしましょう。今後いっさい……」

欣之助の声は落ち着きはらっている。

6

建部多門は葉巻を指にはさんだまま、ぼうぜんとして欣之助の顔を見ている。そのひとみのなかを、さっと不安と懸念の色がかすめた。

「わっはっは」

多門はとってつけたような笑い声をあげると、

「君は何も知らんから、そんなのんきなことが言えるんじゃ。まあ、恭子さんをここへ出しなさい。わしをおこらせると、滝川の家にどんな迷惑がかかるかということを、君は知っておらんのじゃ」

「そうでしょうか。ほんとにそうでしょうか」

欣之助はわざとねつい調子でいって、相手のひとみをがっちりとうける。くちびるのはしには微笑がうかんでいるが、青白んだ額には嫌悪《けんお》の色がふかかった。

「なに？」

多門のひとみが不安の色にふいとくもった。欣之助は落ちつきはらった無表情な声で、

「あなたの無心をつっぱねて、あなたをおこらせたところで、もうこの家になんの迷惑もかかりっこないってことを、あなたご自身よくご承知だと思うんですけれどね」

「なにを！」

多門はわめくようにたけりくるって、さっとイスから立ちあがると、

「そ、それはどういう意味だ」

「あなたはもうなんの切り札も持っていない。そのことをじぶん自身よくご存じだから、それをこちらに知られないまえにと、急いでここへ駆けつけてこられたのでしょうが、どうやらひと足おそかったようですね」

多門の全身の毛という毛が、さっと怒りに逆立った。

「小僧！」

わめくと同時に、手にした葉巻をはっしと床に投げつける。火の粉がぱっと暗いじゅうたんのうえに飛び散った。

欣之助は少しイスをうしろへずらせて、つとポケットへ手をつっこんだが、その指先にさっきの短剣の柄がさわったので、思わず強く握りしめる。

「小僧！　それはなんのことだ。もう一度いってみろ！」

「何度でも申し上げますよ。あなたの犠牲者……あるいは犠牲者の群れは解放されたんです。犠牲者をつなぎとめていた鎖は、ゆうべたちきられた。あなたが握っていた切り札は、ゆうべの火事とともにあなたの手から消え、犠牲者のもとへそれぞれ送りとどけられたんです。おわかりになりましたか。まだこれ以上申し上げることがありますか」

欣之助は身をかがめて、床のうえにころがっている葉巻を拾いあげると、焦げているじゅうたんをスリッパのさきで踏み消して、

「暴力はおよしになったほうがいいでしょう」

と、つとドアをあけると、

「お袖さん、お客さまがおかえりだよ」

と、落ちつきはらった声で呼んだ。

7

建部多門は、じぶんの敵が意外に敏速に活動していることを知って、愕然とした。

滝川父子が完全にじぶんのつめのあいだから脱落していったことを知った多門は、そこを出るとすぐその足で、目星をつけておいた第二の犠牲者のもとへかけつけた。

第二の犠牲者というのは、有名な実業家の未亡人で、息子がそろそろその方面で名をなしかけている婦人である。

「奥さまにちょっとお目にかかりたいんですが……赤坂の建部多門といってください」

と、取り次ぎの女中に通じると、女中はすぐ奥へひっこんだが、間もなく出てきたところを見ると、手に四角な西洋封筒を持っていた。

「奥さま、きょうはお目にかかれないそうですが、これをあなたに差し上げてくださいとのことでした」

空っぽの封筒をわたされたとき、多門は怒りのために息がつまりそうであった。

その封筒こそ第二の犠牲者の秘密の写真を秘めておいたものであり、その写真がむこうへかえったということは、多門と第二の犠牲者が完全に縁の切れたことを意味している。

多門は、蹌踉《そうろう》たる足どりでそこを出ると、もよりの喫茶店へとびこんで、電話をかりて第三の犠牲者を呼び出した。

しかし、電話のむこうへ出た女の声は、取りつくしまもないほど冷たいものだった。

「赤坂の建部多門さんですって？　さあ……あたし、そういうかた、いっこうに存じませんが」

こちらの言葉を待たずにガチャンと切った電話のひびきが、痛いほど鼓膜にひびいて、多門の腹は怒りのために沸騰した。

それでも、念のためにもう二、三軒、電話をかけてみたが、どの犠牲者の返事もつめたく、なかには剣もホロロのあいさつさえあった。

多門はこうして、いまや完全に犠牲者の群れが解放されたことを思い知らされて、目のまえがまっくらになるような絶望感をかみしめた。

「あいつだ、あいつだ、松原浩三……」

ゆうべ瑞枝が駆けつけていった本堂千代吉という男は多門も知っている。その男は松葉づえをついたいざり同様の男で、こんな敏活な行動が出来ようはずがない。

多門は、受話器を握ったまま、悪魔のすがたでも見たような目つきをしていたが、ないに思ったのか、あわてて電話帳をくりはじめた。

つい先ごろ、新日報に浩三が随筆を書いていたのを思い出したのである。

新日報社の文芸課を呼び出して、浩三のところを聞くと、吉祥寺の住所をおしえられた。

「ああ、そこなら知ってるんですが、いつ電話をかけてもいらっしゃらないんです。どこか都内にお宿がおありだとか……」

「それじゃ小石川の関口台町××番地へいってごらんなさい。都築民子さんというかたのおうちです」

「つ、都築民子……」

建部多門は口のうちで絶叫をかみころす。

そのときはじめて、多門にはいっさいが明白になったのだ。

流血

1

短剣の柄にくっきりとしるされた指紋を、金田一耕助は電灯の光にすかしてみながら、

「なるほど。それじゃ恭子さんは、この指紋をお父さんのものじゃないかと思って、死体から抜きとってかえったんですね」

「そうだそうです。ところが、滝川のおじさんは、その晩、一歩も外へ出なかったことがわかったので、おじさんの指紋じゃないと知ったんですが、恭子さんとしてはこの犯

人を告発するような態度をとることにしのびなかったんですね。それで、きょうまでこの短剣をかくしていたというわけです」

大森の山の手にある割烹《かっぽう》旅館『松月』の離れ座敷が、金田一耕助の住居兼事務所になっている。

そこへ訪ねてきた植村欣之助は、よろこびの色をつつみきれなかった。

恭子が薬子殺しの犯人でないとはっきりわかったこと、また、滝川家をおおうていたあの陰惨な暗雲が名残なく吹きはらわれたこと。それは欣之助にとって大きな二重のよろこびだった。まさか、その背後にある人物の深刻な犠牲がはらわれていようとは知らなかったから。

「いや。どちらにしても、植村さん、おめでとう。それで、恭子さん、あらためて結婚することに同意なすったんでしょうねえ」

「いや、それが……」

と、欣之助は少しほおをあからめて、

「そのことは、この事件がすっかり解決するまで待ってほしいというんです。つまり、犯人がはっきりするまではね。ぼくもそれには同意しました。どうせこうして指紋が出てきた以上、犯人がつかまるのもそう長いことではないでしょうからね」

人間はだれしもある意味ではエゴイストである。欣之助がおのれの幸福のために犯人の不幸を祈ったからといって、必ずしもかれを冷酷な人間ということはできないだろう。

「それはそうです。事件はまもなく解決するでしょう。建部多門が牙《きば》をうしなった以上はね」

金田一耕助は暗い微笑をうかべて、

「とにかく、この短剣は、ぼくにあずけておいてください。警察へ提出すべきものなら、ぼくの手から提出いたしましょう。しかし、ひょっとすると、その必要もないのじゃないかと思います」

「え……？」

「犯人はね、もうそろそろ自首して出る用意があるんじゃないかと思うんです。ぼくはこれからいって、ちょっとこのこと……短剣が出てきたことをほのめかしてみましょう」

欣之助はぎょっとしたように耕助の顔を見て、

「あなた、犯人をご存じですか」

「あっはっは、まあね。どちらにしても、植村さん、おめでとう。あなたと恭子さんのご多幸を祈ります」

固い握手をして欣之助を送り出すと、金田一耕助は大急ぎで身支度をととのえ『松月』の離れ座敷をとび出した。

2

伊豆方面へ旅行に出る本堂千代吉の一家を東京駅まで送っていった松原浩三は、自動車で関口台町までかえってくると、坂の下でくるまを降りた。

時刻はかれこれ九時ちかく。

ちかごろ少し晴れ間がつづいたと思ったら、また天気が下り坂になってきたらしく、今夜は空に月も星もなく、けさ春彦が千代吉に肩をあずけてのぼっていった急坂のあたりはまっくらだった。

いささか疲れぎみの浩三は、ときどき立ちどまって息をいれながら、まっくらな坂をのぼっていく。

きょうの浩三の活躍には、疾風迅雷的なものがあった。瑞枝に託された手提げ金庫のなかの秘密の封筒を多門の犠牲者たちに返還してまわると、夕刻にはあるところで岩崎夫婦と千代吉の一家を引きあわせた。

三時間あまり話しあっているうちに、岩崎と千代吉はすっかり意気投合したらしく、千代吉は温泉めぐりからかえってくると、幹部として岩崎組へ入ることに話がきまった。

おしげと瑞枝も手をとりあって、涙のうちにも話がはずんだ。

このふた夫婦と蝶太の幸福そうな様子を見ると、浩三の胸は満足にふくらんだ。

「これでいいんだ。これでだいたい何もかもうまくいった。あとは山村多恵子だけ……」

うつむきがちに坂をのぼっていく浩三の目は、うっすらと涙にぬれている。大役をしおおせたあとのものうい倦怠感が、かれの全身をなまあたたかくくるんでいる。

坂の途中に教会があり、その前後だけ人家がとぎれてまっくらだった。そのまっくらな坂道を、ゆっくりこちらへ下ってくる人影があったが、浩三はべつに気にもとめなかった。

教会のまえで、うえからおりてくる人影とすれちがったとき、

「松原浩三だな」

と、相手が呼んだ。

「なに？」

はっとしてふりかえるその前額部へ、痛烈な棍棒《こんぼう》の一撃がふってきた。

「あっ！」

その一撃で、浩三は骨を抜かれたように、くたくたとその場に倒れる。その背後から骨も肉も砕けるようなめった打ちがふってきて、なまなましい鮮血があたりに飛び散った。

浩三は助けを呼ぼうともしなかった。いや、最初の一撃をくらったとたん、すでに意識はなかばぼやけて、そのあとのめった打ちに身をまかせているうちに、とうとうその

場に昏倒《こんとう》してしまった。

相手は浩三の息の根をとめてしまうつもりらしく、意識をうしなったあとも、憎悪にみちためった打ちをゆるめなかったが、そのうちに下からあがってくる人影に気がついて、あわてて坂の上へ逃げ出した。

坂をのぼってきた金田一耕助は、血にそまって倒れている浩三を懐中電灯で見つけると、

「あっ、しまった！」

と、口のうちで悲痛な叫び声である。

3

小説家松原浩三氏、暴漢に襲撃さる……。

その翌日の昼さがり、なにげなく開いた新聞に、右のような標題を発見した山村多恵子は、はっと血の凍るような恐れと驚きにうたれた。

おどおどと焦点の定まらぬ目で記事を読んでいくと、浩三は昨夜九時ごろ、目下寄宿中の関口台町××番地、都築民子さんかたへかえる途中、暴漢の襲撃にあい、棍棒ようのものでめったうちにされ、生命もおぼつかない模様である、うんぬん……。

山村多恵子はそれを読むと、さっと全身の毛穴がうずいて、腹の底が鉛を抱いたよう

に固くなり、凍りつくような寒さにふるえた。

　あまりあわてたので読みおとしたところを、二、三度くりかえして読みなおすと、やがてふらつく足で台所へいき、コップの水を二、三杯のんだ。それから台所に立ったま、しばらくしいんと考えこんでいたが、急に何か思いついたらしく、家を出て、いつも電話を借りる角の食料品店へかけつけた。

　電話帳をくってみると、都築民子という名があった。さっそくそこへ電話をかけると、出てきたのは若い女の声である。

「もしもし、そちら都築民子さんのお宅でございますか」

　せきこんだ調子で尋ねると、

「はあ、あの、さようでございますが、あなたさまは……？」

　そういう声がひどくかすれているようなので、

「あの、もし間違っていたらごめんください。あなたはもしや奈津女さんではございませんか」

　相手はどきっとしたように、

「はあ、あの……そうおっしゃるあなたさまは……？」

「お目にかかったことはございませんが、お名前は承っております。あたし、山村多恵子というものでございますが……」

「あっ、奥さま……」

泣きくずれそうな相手の声に、

「もしもし、もしもし、……奈津女さん、しっかりしてください。松原先生、いかがでございますか。まさか……まさか……お命には……？」

「はあ、あの、失礼いたしました。それがどうかわかりませんの。とてもひどくやられたものですから……」

「そして、いま、お宅に……？」

「いいえ、音羽の天運堂病院に入院しているんですけれど、きょうあすが大切なところだそうで……あたしいま、ちょっといるものがございましたものですから、とりにかえったのですが、これからまたむこうへまいります」

「ああ、そう。奈津女さん、あなた、しっかりしてくださいね。いずれお見舞いにあがりますけれど、くれぐれもお大事に」

「はあ、有り難うございます」

電話を切ったあと、多恵子はぼうぜんとそこにつっ立っていたが、急に思いついたように、銀座の『レッド・フラワー』へ電話をかけ、気分が悪いからきょうはやすむむねをつげた。

4

夕方ごろ、思いがけなく浩三から手紙が来た。

多恵子がぎょっとして、ふるえる手で開いてみると、なかには喜美子に関するあたたかな心遣いがこまごまとしたためてあった。

このあいだ話した瑞枝さんの屋台店はとりやめとなったが、そのかわり岩崎組の親方が喜美ちゃんを引きうけるといっている。おしげさんも心配しているから、至急、喜美ちゃんをそちらへあずけたらどうか。瑞枝さんの新しいご主人本堂氏も、岩崎組へ入ることになったから、あのご夫婦もなにかと相談に乗ってくれるだろう。どちらにしても、あんなやつのそばにおかないほうがいいから、一日も早く喜美ちゃんを岩崎さんのほうへやるようにと、こまやかな筆づかいでしたためたあとに、岩崎組の所番地が書いてあり、紹介状が封入してあった。

多恵子はそれを読んでいくうちに、双眸《そうぼう》から涙が滝のようにあふれて、読みおわったあとしばらく、畳につっぷしてひた泣きに泣いた。

「先生、有り難うございます。このご恩は死んでも忘れません」

ひとしきり泣いた多恵子が、そのあとで手紙を書き、喜美子の当座の身のまわりのものをまとめて荷造りをしているところへ、喜美子が学校からかえってきた。

母と娘とさしむかいで寂しい夕食をたべおわったあとで、

「喜美子さん、あんたにこれから行ってもらいたいところがあるんだけれど」

「お母さん、どちらへ?」

喜美子も母のただならぬ顔色にひとみをくもらせる。中学の三年といえば、女としてまだ成熟してはいないけれど、母によく似た美貌は、多門のような男の食欲をそそるには十分であった。

「この上書きのところへ手紙を持っていってもらいたいの。あなた当分このかたのところへおいてもらうことになると思うの」

「まあ」

喜美子はびっくりして目をみはると、

「そして、お母さんは……？」

「あたしもいずれいっしょになりますけれど、この家のしまつもしなければならないでしょう。あなたは一日でも早いほうがいいから、これからすぐ出掛けていって……」

お母さんといっしょでなければいやだと泣いてむずかる喜美子を、なだめたり、すかしたり、やっと納得させると、それからまもなく、ふたりつれだって経堂駅へ出向いていった。

「それじゃ、お母さまもできるだけ早く来てね」

「ええ、ええ、もちろんよ。それじゃ、体に気をつけてね。皆さんにかわいがっていただくのよ」

娘に涙を見せまいとして、こらえにこらえていた多恵子も、出ていく電車に手をふっているうちに、視界がぼやけて、とうとうハンカチを目におしあてる。

5

「気分が悪いって、どうかしたのかい」

八時ごろ建部多門がやってきた。『レッド・フラワー』へ電話をかけて聞いたといって、怪しむように多恵子の顔色を見る。

「ええ、なんだか頭がズキズキいたんで……」

「時候のせいだな。それに、このあいだからの気づかれもあるんだろう。ときに、喜美子が見えないがどうしたの」

「あの子はお友達のところへいきました。そろそろ試験が近づいたので、泊まりがけで勉強してくるんですって。あの子もお葬式やなんかでだいぶ学校を休んだもんだから」

「ああ、そう」

多門はべつに怪しみもせず、

「すると、今夜はふたりきりか。あっはっは」

その毒々しい笑い声を聞くと、多恵子は顔を逆なでにされるようなおぞましさを感じる。

「あなた、赤坂のほうはどうなんですの」

「ありゃすぐ建つさ。保険金も入るし、それに信者の献金がたくさんあるからな」

「瑞枝さんはどうしていらっしゃいます」

火事のあった翌朝、瑞枝がこっちへ来ていないかと、書生の本田が駆けつけてきたので、多恵子もだいたいの事情は知っていたし、それに、さっきの浩三の手紙から、瑞枝が新しい男のもとへ走ったことがはっきりわかった。

多門はしかししらばくれて、

「ああ、あれは当分、信者のところへあずけることにした。赤坂の家がなんとかかたがつくまではね。おれはそのあいだ、ここへ寝泊まりすることにするよ。いいだろ」

「ええ、どうぞ」

「あっはっは、そうか、そうか。おい、もう寝ようよ。おれは火事の晩からろくすっぽ寝ちゃいない」

「ええ、お床とってありますから、あなたさきにいらして。あたしすぐまいりますから」

「ああ、そうか」

多門にとってはたったひとり残された女である。なんとかして、この女をつなぎとめておかなければと、膚のものまで脱ぎすてて脂《あぶら》ぎった体をよこたえているところへ、多恵子がこわばった顔をして入ってきた。

「あなた」

と、多恵子は仰向けに寝ている多門の顔のうえへおっかぶさるようにして、

「袴に妙なしみがついていたわ。あれ、血じゃなくって?」

「な、なに……?」

「松原先生にあんなことしたの、あなたなのね!」

「多恵子!」

ただならぬ女の顔色に気がついて、あわてて起きなおろうとする多門の首をがっきりと左手で抱いた多恵子は、右手に持った広口びんをさかさまにして、どろどろとした液体をさっと多門の顔のうえにぶちまける。

「ぎゃあッ!」

世にも異様な叫びをあげて七転八倒する多門の長髪をひっつかんで仰向けに引き倒した多恵子は、女の憎悪とのろいをこめて、びんのなかみを残らず多門の顔に注ぎかけると、そのまま家をとび出していく。

6

凄惨な地獄絵巻きのなかにのたうちまわる建部多門をあとにのこして家をとび出した山村多恵子は、それからまもなく音羽の天運堂病院へやってきたが、玄関へ入る勇気はなくて、病院のまわりを行きつもどりつしているうちに、通りかかった看護婦に見とがめられた。

「どうかなさいましたか」

死人のように青ざめた多恵子の顔色を怪しんで、看護婦はやさしく声をかける。

「はあ、あの、懇意なかたが入院していらっしゃるものですから……」

「なんというかたでしょうか」

「松原先生……小説家の松原浩三先生です」

「ああ、松原先生なら、あそこなんですけれど……」

看護婦は塀ごしに、松原先生の部屋なら、ひっそりとあかりのついた二階の窓を指さして、

「でも、いまのところ面会謝絶になっておりますから」

「先生、いかがでございますか。ご容態は？」

「さあ、そういうことはわたしどもにはわかりませんが、付き添いのかたがいらっしゃいますから、ご案内いたしましょうか」

「いいえ、あの、あたしはここで失礼します。でも、付き添いのかたに、山村多恵子がきていたとおつたえくださいまし」

「山村多恵子さんですね。承知いたしました」

看護婦の立ち去るのを見送って、多恵子はいま教えられた部屋を見上げる。窓からもれるあかりが涙にうるんで見えなくなった。

「先生、さようなら。どうぞお元気で……一日もはやくご快復をお祈りいたします」

塀にもたれて多恵子は声をのんで泣いていたが、そのうちにだれか来る気配にあわて

てそこを離れると、音羽の通りへ出て自動車を拾った。

昨夜から下り坂になっていた天気がいよいよくずれて、お茶の水で自動車をおりたときには、もうかなりの降りになっていた。

多恵子は雨にぬれそぼって、お茶の水の橋のうえを二、三度、行きつもどりつする。彼女の胸のなかには、いままっくらなうつろができて、そのうつろのなかを木枯らしが、さびしい音を立てて吹きぬけていく。胸をえぐるような木枯らしの音を抱きしめながら、多恵子は橋のうえに立ちどまる。

下を見ると、省線電車の線路が雨にぬれて光っている。お茶の水駅のプラットホームの雑踏が、遠い国のできごとのように望まれる。多恵子は、雨にぬれるのもかまわず、しばらくそこに立ちつくしていたが、やがてゆっくり橋を横ぎり、反対がわのらんかんへ行く。

水道橋のほうから上り電車がごうごうたる音を立てて、降りしきる雨のなかを驀進《ばくしん》してくる。強烈なヘッド・ライトが魔物の目のようだ。

電車が目の下へせまってきたとき、多恵子はとつぜん、らんかんを乗りこえた。

「あっ、危い！」

駆けよってくる二、三人の足音を背後にききながら、

「先生……」

と悲しいひと声を雨の夜空にのこして、多恵子は線路のうえへ落ちていった。

幽冥《ゆうめい》のかなたに

1

三日間というものを、浩三は前後不覚のうちに生死の境を彷徨《ほうこう》していた。そのあいだに何度か輸血が試みられ、酸素吸入だのリンゲルの注射だのが行われた。

隣の部屋には、岩崎夫婦のほかに、新聞を見てあわてて帰京した本堂千代吉と瑞枝が詰めきっていた。吉祥寺からも、兄の達造や兄嫁がかわるがわる顔を出した。しかし、だれも大きな声で口を利くものはなく、憂色は日一日とふかかった。

四日目の朝、浩三は少し意識を回復したらしく、

「夏子……夏子……」

と、かすかにうめいた。

「はい、あなた、しっかりしてください」

枕頭《ちんとう》につめきっている夏子は、頭から顔から体から白い包帯にくるまっている浩三の手を、しっかりと握りしめる。

「うん……」

浩三は何かいいかけたが、そのまままた昏睡状態におちいった。

だが、そのつぎに昏睡からさめたとき、浩三の意識はさっきよりいくらかはっきりしているらしく、

「夏子……警察のひとを……」

「えっ……？」

夏子はぎょっとして、同じく枕頭につめきっている民子と顔を見合わせた。

「警察のひとを呼んでくれ……いっておかねばならんことがある」

「あなた、いけません。あなたはいま安静にしていなければいけないんですから」

「浩三さん」

民子に声をかけられて、浩三はぼんやりと濁った目をむける。

「わたしですよ。民子ですよ」

「ああ……おばさん」

「さあ、何も考えないで、おとなしくしていらっしゃい。話がおありなら、よくおなりになってから……」

「おばさん……すみません……」

浩三はまた昏睡状態におちいった。

「おばさま……」

浩三が眠ったのを見とどけて、夏子はおしつぶされたような声をかけたが、民子はか

るく首を左右にふって、

「夏子さん、あなたも何もかんがえないで……いまは浩三さんの体のことだけね」

「はい」

その日はそれきり浩三は昏睡からさめなかったが、つぎの朝、意識をとりもどしたとき、浩三は警察のひとを呼んでくれといいはってきかなかった。

夏子と民子が持てあましていると、隣の部屋から金田一耕助が入ってきた。

「松原さん、ぼくがわかりますか」

「ああ、金田一さん……」

「ああ、おわかりですね。ぼくはここに詰めきっておりますからね。お話しなさりたいことがあったら、いつでも警察のひとにかわってうかがいます。でも、いまはまだその時期じゃないようだから……」

「あり……が……とう……」

浩三はまた意識をうしなっていく。

2

松原浩三の体内では、いま生と死のはげしい闘いが演じつづけられている。

主治医今井博士のいままでの経験によれば、これだけ大きな負傷をしていれば、とっくに命はないはずのものだった。それが、意識不明のうちにもかろうじて生命の根をつなぎとめているのは、何かしら強い執着がかれの魂に幽明の境を越えることを妨げているらしかった。

「今度覚醒《かくせい》されたら、ご当人のいいたいことをいわせてあげたら……そのほうが精神的負担をかるくしてあげることになり、かえっていい結果をもたらすかもしれないと思うんですがねえ」

　これが兄の達造に対する今井博士の忠告である。博士のこの忠告は、とりもなおさず、どうせこのままでは助かる見込みはないということを意味しているのではないか。

だいたい覚悟はきめていたものの、夏子はそれを聞くとはげしいショックを感じた。しかし、もう泣きはしなかった。いたずらに嘆きに身を破ってはならぬ体なのだということを、夏子はこのあいだから気づいている。彼女の胎内には、いま新しい生命の芽がいぶきをはじめているのである。

　今井博士の忠告により、このつぎに浩三が意識を回復したとき、みんな枕頭に集まった。

　浩三は何者かをさがしもとめるようにうつろの目をみはって、兄の達造から兄嫁、岩崎夫婦から千代吉と瑞枝、さらに民子から夏子と、順ぐりに見まわしていく。そして、やがてその視線が金田一耕助にとどまったとき、はげしい肉体の苦痛にもかかわらず、ほのかな微笑をくちびるのはしにうかべた。

「き……金田一さん」

「松原さん。金田一耕助はここにいますよ。何かおっしゃりたいことがありますか」

「薬子を……宇賀神薬子を殺したのはわたしです」

だれもそれに驚くものはなかった。浩三の多門に対する痛烈な憎しみから、みんなそれを察していたのだ。

「承知しております」

金田一耕助がひくい声でいって頭をさげた。

「でも……でも……金田一さん」

「はあ」

「何か……証拠がありますか。新刑法では自白は証拠にならないという……」

「ご安心なさい、松原さん。薬子を殺した短剣は、滝川恭子さんが保管していました。その短剣の柄《つか》には犯人の指紋がついているのです。このあいだ、あなたをここへ担《かつ》ぎこんだとき、失礼ながら指紋をとらせていただきました」

さすがに一同は顔を見合わせたが、浩三の顔にはかえってうれしそうな微笑がうかんだ。

「指紋は……一致したんですね」

「一致しました。まだ警察へは報告してありませんけれど」

「ありがとう」

浩三のくちびるから重荷をおろしたような深い吐息がもれたが、とつぜん、

「本堂さん……本堂さん」

と、千代吉の名を呼んだ。

3

「はい、先生」

と、千代吉は不自由な体をずらせて、浩三の顔をのぞきこむ。包帯につつまれたいたいたしい浩三の顔を見ると、泣くまいとしても目がうるむ。

「なんだ、千代さん、泣いているのかい。あっはっは」

「先生……」

「いいよ、いいよ、これでいいんだ。千代さん、あんたには世話になった。おかげで時がかせげたんだ」

「はあ……？」

不思議そうに首をかしげる千代吉にむかって、浩三は何かいいかけたが、そのときまた襲ってきた骨をかむような痛烈な苦痛に、浩三は歯をくいしばってのたうちまわる。それはとても正視するにたえないほどの苦しみだった。

医者がそばへきて注射をする。苦痛はいくらかおさまったようなものの、浩三にはも

う語る気力がなくなっていた。

「松原さん、あなたのいいたいことは、わたしが代わって申しましょう。もし、まちがっていたら、訂正してください」

金田一耕助は浩三のうなずくのを見て、

「本堂さん」

「はい」

「松原さんは、あのときあなたが虚偽の申し立てをなすったことに対して、感謝していられるのです。あなたはあのとき、いま家のなかから、人殺し、助けてえ……という声が聞こえたと警官におっしゃいましたね。あれはしかし事実ではなかった。あなたもあの家へ入ってみたかったところへ、滝川のお嬢さんが容易ならぬ態度でとび出してきたので、それを口実にあの家へ入ってみようと思った。そこで、警官が来たとき、人殺しという声がきこえたとおっしゃったんですね。まさか、ほんとうに殺人が行われているとは知らずに……しかし、そのことが松原さんにとっては、このうえもないアリバイとなった。おかげで、建部多門をやっつけるための時がかせげたということを、松原さんは感謝していらっしゃるんです。ねえ、そうじゃないのですか」

浩三は苦痛に歯をくいしばりながらも、満足そうにうなずいた。

「松原さんは、あの短剣を取りもどすために、引きかえしてこられたんですね」

「薬子を殺したとき、じぶんは、もう、おしまいだと思った。だから、そのままとび出したが、あとになって、多門をやっつける時がほしくなった。逃れられるものなら、もうしばらく逃れたいと思って……」

「浩三はあの女をなぶり殺しにしたのかね」

それは弟の性質にないことだと思い、兄の達造はまゆをひそめる。

「いや、兄さん、ご安心なさい。浩三さんの加えた一撃は、おそらく背後からの致命傷だけだったろうと思います。あとの傷は薬子自身がやったんでしょう。松原さん、薬子は何か奇跡を見せようとしたんじゃないんですか」

4

「奇跡……？」

浩三の顔にうかぶ満足の色を見て、金田一耕助の推測が当たっていることはわかったが、それでも達造はそれを聞かずにいられなかった。

「そうなんです。あの薬子という女はおかしなやつでね、自分で全身に傷をつけて、何か奇跡を見せようとしたんですね。しかし、背後に傷がないと、自分でやったことだと疑われる。だから、それを松原さんに頼んだんですね。薬子がなぜそんな奇跡を見せようとしたのか、それはぼくにもわからない。浩三さん、あなたご存じですか」

浩三もそれは知らぬとみえて、

「ああいう女の気持ちは、ぼくにもわからない」

と、ため息をつく。

「あなたはただチャンスに乗じたんですね」

「いや、ぼくも……殺すつもりはなかった……しかし、その場になって、急に誘惑にまけたんだ」

「ああ、そう、そうでしょうねえ。あなたにとっては、薬子より多門のほうがより憎かったんでしょうから」

「いや、薬子も憎かった……八つ裂きにしてやりたかった……あいつが昌子の写真をとったんだ。それが昌子を自殺させたんだから……」

「浩三さん」

憎悪にふるえる浩三の声を聞くと、民子がふいに泣き出した。

「堪忍してください。あなたのお父さんがお亡くなりになった心細さに、わたしがついあんな男を信仰して……そのために昌子があんなことになって……」

「おばさん、その話、よしましょう。ぼく、いまでも、苦しいんです」

「それですからねえ、兄さん」

浩三の心をおしはかって、金田一耕助は話をそらす。

「犬のピータや女中の藤本すみ江を殺したのは、浩三さんじゃなかったんです。あれは薬子のやったことなんですよ」

浩三の顔にうかぶ満足の色を見て、

「薬子は背後の傷を浩三さんに依頼した。そこで、浩三さんの忍んできいいように、ピータを毒殺したんです。自分で傷をつけているところへ、思いがけなくすみ江が予定よりはやくかえってきた。薬子はせっかくの計画が露見することをおそれて、すみ江を絞殺してしまったんです。おそらく、まあ、ヒステリーの発作からでしょうがねえ」

「ああ、そう……ぼくがいったとき、薬子、女中の死体をまえにおいて、完全に精神錯乱におちいっていた……」

浩三の肉体をまた苦痛がむしばみはじめる。

5

しかし、金田一耕助は語らねばならぬ。浩三の意識のあるあいだに、すべてを語りつくして、かれの心の重荷をのぞかねばならないのだ。

「藤本すみ江の腐乱死体は、綿密に調査されたあげく、全身につめのあと、ひっかかれた跡があることがわかったんです。そのことから、すみ江を殺したのは女じゃないか、すなわち、薬子自身じゃないかという疑いは、警視庁でも持っているんです」

金田一耕助の言葉に、達造も安堵《あんど》の吐息をもらして、

「しかし、死体をかくしたのは……」

「それは浩三さんでしょう。浩三さんは、すみ江の全身にのこっているつめのあとから、すみ江を殺したのが薬子だとわかることを恐れたんです。それからひいて、薬子の計画……あのたくさんの傷の大部分が薬子自身の手によって作られたものだとわかることは、犯人にとっては不利ですからね。あれだけの傷を負いながら、そのあいだどうして薬子が助けを求めなかったかということが、この事件を神秘的なものにし、捜査陣をなやましているのですが、浩三さんはそれを計算にいれ、一時すみ江の死体をかくしたんです」

「それをのちに持ち出したのは……？」

「それはこうです。浩三さん、最初あなたが死体をかくした場所を、ぼくは発見しましたよ。すみ江の死体が一時そこにあったという証拠もあります。ところがねえ、兄さん」

と金田一耕助は達造のほうへむきなおり、

「それは現場から半町ほど離れた空き地の防空壕《ぼうくうごう》のあとなんですが、そこへ急に家がたちはじめて、何も知らぬひとが壕を埋めはじめたんです。浩三さんの気性としては、すみ江の死体をそのままやみからやみへ葬ってしまうに忍びなかった。それじゃあんまりかわいそうだと思ったんですね。それに、そのころには死体もすっかり腐乱して、肉眼ではつめのあともわからなくなっていたものだから、もう大丈夫と、あらためて人目につくように墓地の落ち葉だめへ移したんです。ねえ、浩三さん、そうなんでしょう」

浩三は金田一耕助に感謝の目をむけて、

「ありがとう……あなたというひとのおかげで、ぼく、それほど残虐な男でないとわかってもらえて、うれしい……」

薬のききめが切れてきたのか、それとも、すべてが明るみへ出て心の負担がとりのぞかれたせいか、浩三はまた意識をうしないはじめる。

今井博士は浩三の脈をとりながら、

「もしこのかたに会わせておきたいひとがおありでしたら、いまのうちにお呼びになっておいたほうがいいでしょう」

と、げんしゅくな声で宣言する。

夏子はそれを聞くと、白紙のように青ざめたが、すぐ浩三にとりすがって、

「あなた、あなた、しっかりして……」

と、すでになかば意識をうしないかけている浩三の耳に何やらささやいた。

その一言がきいたのか、浩三はまたぽっかりと目をひらいて、びっくりしたように夏子の顔を見つめている。

6

それから一時間ほどのうちに、春彦と蝶太と喜美子が駆けつけてきた。

不思議なことには、そのあいだ、浩三ははっきりと意識を持続していた。ちょうどろうそくの灯が消えるまえに一時ぱっと輝くように。

浩三は、このうえもない愛情をこめて、夏子の指を握ってはなさなかった。

浩三は喜美子を見ると思い出したように、

「ああ、喜美ちゃん、お母さんは……?」

その質問に一同はぎょっと顔を見合わせたが、すべてを打ちあけるようにとの医者の注意に、

「瑞枝、おまえから話しておあげ。おまえがあのひととはいちばん仲よしだったんだから」

千代吉の言葉に、瑞枝は涙をぬぐうた。

「先生、喜美ちゃんのお母さんはお亡くなりなさいました。建部多門に硫酸を浴びせて、あの男を失明させたのち、ご自分はお茶の水の橋から投身されて……」

「そのまえに、奥さんはここへあなたにお別れにいらしたそうです。そして、投身なさるまえに、先生……と、ただひとことお呼びになったということです」

夏子がそのあとへ付け加える。

浩三はおどろきの目をみはっていたが、やがてその目を喜美子にむけると、

「喜美ちゃん、すまない。あんたのお母さんだけは救うことが出来なかったんだなあ。岩崎さん、おしげさん、それから千代さんも瑞枝さんも……」

「はい、先生」

四人の男女がいっせいに答える。

「喜美ちゃんのことを頼みます」

「承知しました、先生」

「春彦……」

「はい、兄さん」

「おまえの責任は重い。しかし、おまえはしっかりそれに耐えていかねばならないよ」

「兄さん、ぼく、きっと、きっと……」

「浩三、おれが悪かった。おばさんや春彦、それから夏子のことはきっと引き受ける」

「ありがとう、兄さん……夏子は妊娠してるそうです」

一同はぎょっと息をのむ。

「ぼくは死んでも、ぼくの命の流れは夏子の体のなかに生きている。ぼくはそれで満足です……金田一さん」

「はい」

「あなたは夏子の父をご存じでしょうねえ」

「存じております」

「いつか、おりがあったらあわせてやってください」

「承知いたしました」

「夏子……おばさんも泣いちゃいけない。ぼくははじめから、すべてが終わったら夏子に何もかもゆずって、自殺するつもりだったんだ。こんなにたくさんのひとに見送られていくぼくは幸福です。蝶坊、蝶坊」

「うう、うう」

千代吉と瑞枝に押し出されて、蝶太が浩三のそばへよる。

「蝶坊、おじさんの手、握っていてくれ。おれ、おまえがかわいくてなあ……」

それがこの多情多恨の霊媒殺しの真犯人の最後の言葉であった。

それからまもなく、浩三は、潮騒《しおさい》のようなすすり泣きにとりかこまれて、苦悩にみちた生涯をとじたのである。

解説

中島河太郎

横溝正史氏の著作が熱狂的に歓迎されて、出版界で空前の記録を樹立したことはジャーナリズムに喧伝《けんでん》されている。

著者の旧作が競って読まれているばかりでなく、中絶作の「仮面舞踏会」と、中篇を長篇化した「迷路荘の惨劇」を完成し、さらに「病院坂の首縊りの家」を連載しておられる。しかもその後に長篇三作の構想がほぼ固まっているというのだから、その気魄《きはく》は端倪《たんげい》すべからざるものがある。

齢《よわい》八十を越えて創作欲の衰えなかったアガサ・クリスティー女史の先例があるとはいえ、わが国では七十をすぎて、首尾整《ととの》った探偵に意欲を燃やす著者のような作家にめぐりあったのは、奇蹟的であった。

この著者の目ざましい精進は、華々しい脚光を浴びたための出版社の意向に応《こた》えたものではなかった。十九歳の処女作以降、編集者の業務の傍《かたわら》でも、小説、翻訳、読物を書き続けているし、絶対安静の療養時代を除けば、筆を執らぬときはなかった。

戦後の本格長篇によって、日本の探偵小説界に画期的な新局面を齎《もたら》してから、十数年間斯界《しかい》をリードした。その後も氏は旧作の長篇化を試みたり、捕物帳の改作につとめるなど、絶えず筆を執り続けていたのである。そういう不断の運筆があればこそ、また新作の構想もおのずと湧くのである。

　この「迷路の花嫁」もその長篇化の一つで、昭和三十年六月に単行本になった。金田一耕助はなるべく表立たぬようにして、サスペンス・ロマン仕立てになっている。

　作品の時代はその前の年だから、戦災の面影もほとんど見られなくなっている。寡作の小説家松原浩三が、閑静な町並を女性が逃げるように立ち去った地面から、血のついた手袋を拾いあげたのがきっかけで、全裸のむごたらしい死体を発見するのが発端であった。

　被害者は霊媒で、四十歳ほどの豊満な女性。おまけに犬も毒殺され、数日後には女中の扼殺《やくさつ》死体が発見されたが、これも霊媒と同時期に殺害されたものらしい。

　この被害者を仲介にして、いろいろの奇蹟を見せるのが、心霊術の大家と称する建部多門である。漆黒《しっこく》の総髪を肩に垂らして、長い顎ひげをたくわえた、容貌魁偉《ようぼうかいい》な人物で、あるいは心霊術より女性を御する術のほうにたけているとしか思えない漁色家だった。

　これが諸悪の根源だとすれば、それに対抗しながら物語の進展の中軸になっているのが松原浩三だ。「ちかごろちょっと売り出した小説家」として紹介されるが、事件勃発《ぼっぱつ》の現場近くに居あわせて、この殺人に異常な関心を寄せている。そのくせ現場で拾った血染めの手袋については、警察に告げようとはしない。

松原自身も「ひとつ自分で探偵してやろうという気に」なったと語っているが、いったん隠しておいた手袋を、あとで警察の目につくようにほうりこんで、その正体を見破られている。

捜査担当の等々力警部は、彼を目して「つまり猟奇の徒とでもいうんですか、好奇心の強い人物で、自分で探偵してみようなんて、助平根性を起こした人物」と諷《ふう》している。そのあとでは「あの男と話していると、影と光が交錯してるような気がするね。非常に高い叡智《えいち》と同時に、一方、救いようのない、崩れた、デカダンスを感ずるんだ。アプレともちがった、何かこう、口では云えない感じだな」とも、人物評を洩らしている。

この猟奇的な殺人事件の容疑者として、結婚式場から日本橋の呉服店の令嬢が連行された。そこで始めて金田一の出馬が要請されるのだが、彼は他に急ぎの事件を抱えこんでいて、早急に進展の恐れのないこの事件のほうはあと廻しにされていた。ようやく手のすいた彼は、被害者の弟子の霊媒に惚れこんで、彼女を助けたばかりか、妻に迎える決心でいる松原を鶴巻温泉の宿に訪ねる。両人はここで初対面の挨拶を交わすのだが、松原はまだ金田一が有名な私立探偵だということを知らなかったのだ。

よれよれのセルによれよれの袴《はかま》、雀の巣のような頭をしたこの貧相な男が私立探偵だという。こんな男に事件の調査ができるのかというのが、松原の内心の呟《つぶやき》であった。ところが人なつこい微笑を浮かべながら、温かい思いやりで話を進める金田一に好感をもったものの、さっぱり要領を得ないまま、彼はまたストーリーの表面の進行からは姿を消してしまうのである。

だからこの「迷路の花嫁」は、これまでの金田一探偵譚とは趣を異にして、遠くから事件の推移を見守っている。その深謀遠慮があまりにも過ぎるようだが、そこにはまた作者の深謀遠慮が秘められているのだ。

はじめは少々得体《えたい》の知れぬ小説家と見られた松原が、被害者の霊媒の背後にいるばかりでなく、漁色と恐喝《きょうかつ》の二股《ふたまた》をかけて、悪虐をほしいままにする建部に、義憤の戦端を開く。それは人情の機微を穿《うが》った上での高等心理戦術で、さしもの心霊術師の先手先手をうって、地団駄《じだんだ》を踏ませずにはおかなかった。

ストーリーはこの松原の愛情と義俠《ぎきょう》を中軸に進展して、霊媒殺人事件の謎は押しやられてしまった感さえある。三か月も経ったのに捜査は膠着《こうちゃく》状態で、等々力警部をはじめ関係者は、迷宮入りになることを恐れている。だが四か月目には事態が急転した。建部家の出火がこれまでの難題を解決する有力な動因になるのだが、お蔭で事件も一挙に大団円へと向かうのだ。

金田一探偵が表立とうとしなかった理由もはじめて釈然とするし、非道なからくりもようやく明るみに出る。その代りこの風変わりな小説家の縦横の活躍ぶりを拝見させられるのだが、心霊術師の呪縛《じゅばく》にがんじがらめになっている女性たちを、それぞれ解放していく愛と俠気《きょうき》のロマンをたっぷり味わうことになる。

昭和三十年といえば、著者は「吸血蛾」と「三つ首塔」を連載中であった。考え抜いたトリックを中核にして、本格物の醍醐味を提示するというより、物語性のふくらみを見せることに興味をもたれた時期の作品である。

そのために金田一をして、「一種の英雄」と評せしめた小説家が主役となって、不幸に苦しむものを幸福にするための孤軍奮闘を描いている。著者の本格探偵小説に親しんできた読者には、ちょっと勝手がちがった感じだが、結末に至って本書の狙いがわかっていただけるはずである。

本書は、昭和五十一年十一月に小社より刊行した文庫を改版したものです。なお本文中には、いざり、いざり車、おもらい、いざりこじき、めかけ、パンパン、白痴、物もらい、びっこ、みなし子、妾腹、親知らず、気ちがい、気が狂った、こじき、シナなど、今日の人権擁護の見地に照らして、不適切と思われる語句や表現がありますが、作品全体として差別を助長するものではなく、また、著者が故人である点も考慮して、原文のままとしました。

（編集部）

迷《めい》路《ろ》の花《はな》嫁《よめ》

横《よこ》溝《みぞ》正《せい》史《し》

昭和51年 11月10日　初版発行
令和３年 10月25日　改版初版発行

発行者●堀内大示

発行●株式会社KADOKAWA
〒102-8177　東京都千代田区富士見2-13-3
電話　0570-002-301（ナビダイヤル）

角川文庫 22873

印刷所●株式会社暁印刷
製本所●本間製本株式会社

表紙画●和田三造

ISBN 978-4-04-111843-6　C0193

◇◇◇

角川文庫発刊に際して

角川源義

第二次世界大戦の敗北は、軍事力の敗北であった以上に、私たちの若い文化力の敗退であった。私たちの文化が戦争に対して如何に無力であり、単なるあだ花に過ぎなかったかを、私たちは身を以て体験し痛感した。西洋近代文化の摂取にとって、明治以後八十年の歳月は決して短かすぎたとは言えない。にもかかわらず、近代文化の伝統を確立し、自由な批判と柔軟な良識に富む文化層として自らを形成することに私たちは失敗して来た。そしてこれは、各層への文化の普及滲透を任務とする出版人の責任でもあった。

一九四五年以来、私たちは再び振出しに戻り、第一歩から踏み出すことを余儀なくされた。これは大きな不幸ではあるが、反面、これまでの混沌・未熟・歪曲の中にあった我が国の文化に秩序と確たる基礎を齎らすためには絶好の機会でもある。角川書店は、このような祖国の文化的危機にあたり、微力をも顧みず再建の礎石たるべき抱負と決意とをもって出発したが、ここに創立以来の念願を果すべく角川文庫を発刊する。これまで刊行されたあらゆる全集叢書文庫類の長所と短所とを検討し、古今東西の不朽の典籍を、良心的編集のもとに、廉価に、そして書架にふさわしい美本として、多くのひとびとに提供しようとする。しかし私たちは徒らに百科全書的な知識のジレッタントを作ることを目的とせず、あくまで祖国の文化に秩序と再建への道を示し、この文庫を角川書店の栄ある事業として、今後永久に継続発展せしめ、学芸と教養との殿堂として大成せんことを期したい。多くの読書子の愛情ある忠言と支持とによって、この希望と抱負とを完遂せしめられんことを願う。

一九四九年五月三日